Juste un cœur

Virginie ROUQUETTE

Juste un cœur

Le Livre Actualité Éditions

EAN : 9782754306348

« Dans toutes les existences, on note une date où bifurque la destinée, soit vers une catastrophe, soit vers le succès. »

François de la Rochefoucauld

Je remercie infiniment Yvon de m'avoir fait partager son expérience, pour la richesse de nos échanges qui furent souvent ponctués de digressions sur la Vie !

Beaucoup de partage donc, qui, je l'espère sauront vous séduire et vous ravir…

Je dédie cet ouvrage à toutes les personnes qui permettent à autrui de rester en vie et à toutes ces personnes qui ont eu la chance de continuer leur vie grâce à la bonté, à la générosité d'inconnus.

« Je donne, tu donnes, il donne, nous donnons, vous donnez, ils vivent… »

PRÉFACE

Que vaut un cœur s'il n'est pas partagé ?

Ce livre est un témoignage.

Virginie Rouquette nous amène dans un voyage intérieur, celui que vit et ressent un patient frappé brutalement par la maladie.

Pour chacun, il existe un temps et un niveau d'acceptation de la maladie liés aux contraintes et limitations que l'état de santé peut engendrer.

Le plus souvent, le soignant souhaite que le patient s'adapte à sa maladie et le patient que sa maladie soit compatible avec son mode de vie. Les soignants doivent s'adapter au tempo du patient (pas à pas...) et le patient « être autrement le même ». « Être autrement » signifie s'adapter aux changements dus à la maladie et « le même » du fait de la nécessité vitale de garder un sentiment de cohérence et de continuité propre à chacun.

Un processus d'acceptation réussi permet une « identité réconciliée ».

« Quand le mur te parait infranchissable, fais un pas de côté » nous dit un vieux proverbe Zen. Changer sa vision de la maladie peut aider à vivre différemment, à goûter pleinement les cadeaux de la vie.

L'important de la part des soignants, en particulier dans les maladies graves, est d'offrir une écoute, un espoir, un accompagnement et souvent des solutions. La greffe cardiaque en est une des plus emblématiques et les progrès médicaux sont constants et des plus prometteurs.

Bonne lecture !

Philippe Berdagué.

Le Docteur Philippe Berdagué exerce à Béziers depuis de nombreuses années. Mais il n'est pas « seulement » cardiologue… Quand il place les électrodes pour effectuer un électrocardiogramme, ce n'est pas seulement de votre cœur dont il vous parle ; il parle de vous, il s'intéresse à ce que vous faites, à ce qui vous passionne. Il a cette écoute si précieuse dans cette société où tout va très vite et où on ne prend pas toujours le temps de prendre les êtres que l'on croise dans leur globalité.

« Tu as besoin de quelque chose ?

— Oui, juste un cœur ! »

Aimer de tout son cœur, mettre du cœur à l'ouvrage, avoir le cœur au bord des lèvres, avoir le cœur gros, avoir le cœur brisé, avoir le cœur sur la main, ouvrir son cœur à quelqu'un, en avoir le cœur net, connaître sa leçon par cœur, avoir un cœur d'or, parler à cœur ouvert, s'en donner à cœur joie… C'est incroyable toutes les expressions dont regorge notre belle langue française.

Mais il en est une qui m'a toujours beaucoup amusé et ce, depuis mon enfance, c'est « avoir un cœur d'artichaut ».

Cette expression m'a toujours interpellé car dans l'artichaut, moi, ce que je préfère est justement le cœur ! Quand j'étais jeune et que ma mère me rebattait les oreilles en me disant que j'avais un cœur d'artichaut, je prenais cela pour un compliment, un cœur d'artichaut, ce qu'il y a de meilleur, de plus tendre, de plus doux et si petit que je le comparais à quelque chose de précieux et de rare… ce n'est que bien plus tard que j'ai appris, en feuilletant les pages d'une encyclopédie sur la genèse des expressions dans la langue française, qu'à l'origine, on disait : « Cœur d'artichaut, une feuille pour tout le monde ! ».

Ce jour-là, j'ai compris que ma mère voulait dire en réalité que j'étais égoïste…

Pourtant, je n'ai jamais ressenti ce sentiment, je me considérais même comme quelqu'un de très généreux, vraiment. Enfant, je n'hésitais jamais à feindre d'oublier une de mes Majorette chez mon cousin qui avait moins de jouets que moi et de la récupérer la semaine suivante. Mes parents prenaient cela pour de l'inattention, or, pour moi, c'était parfaitement calculé, je laissais un de mes jouets ou plusieurs et le fait de savoir que mon cousin Luc pouvait y jouer durant toute la semaine me rendait heureux. Je crois que Luc avait compris mais à aucun moment nous n'en avons parlé. C'était notre secret inavoué. Quand nous étions devenus plus grands et que les Majorette n'occupaient plus nos heures de liberté, je laissais mes cassettes audio, mes livres quelques fois, jusqu'à que je sois séparé de Luc à cause d'un stupide accident de la circulation qui lui a coûté la vie. Nous avions dix-neuf ans et c'était la première fois que je voyais un corps sans vie. C'était aussi la première fois que j'entendis parler de don d'organes ailleurs qu'à la télé et les cours de SVT. Mon oncle et ma tante avaient accepté de faire don des organes de Luc pour sauver d'autres personnes. C'est à ce moment-là que j'ai compris à quel point la vie était précieuse.

On pense souvent que la vie dépend du cœur, que quand le cœur cesse de battre, tout s'arrête, mais, en réalité, il suffit qu'un organe cesse de fonctionner pour que nous ne fassions plus partie de ce monde. Parfois même, il continue de battre mais notre cerveau lui, ne vit plus, on parle alors de « Mort cérébrale ».

Luc m'a énormément manqué, surtout au début. Puis, avec le temps, je me suis résigné à l'idée qu'il n'était plus là, et même si je pense toujours à lui, c'est avec moins de tristesse.

Je me dis qu'il est ailleurs mais toujours là, qu'il me voit et veille sur moi.

Parfois, je me surprends à lui parler dans mes pensées et cela me fait du bien… C'est comme s'il était toujours là.

* * *

Quelques mois plus tôt…

Nous sortions de la visite chez le médecin et j'étais l'homme le plus comblé… J'allais devenir père. Nous venions de voir grâce à l'échographie notre enfant, ou plus précisément son cœur. Notre progéniture mesurait 12 mm et pesait 1.3 grammes, il était de la taille d'une lentille et tout ce que nous distinguions était ses battements cardiaques. Elsa m'avait regardé les yeux débordant de larmes, enfin, je crois parce que celles que j'avais dans les miens rendaient ma vision floue. Il y avait tant de joie dans son regard. Nous étions les plus heureux du monde ! J'avais l'impression d'être un archéologue qui faisait une nouvelle découverte chaque jour… Bien entendu, ce n'était pas que du bonheur, il y avait également des moments d'inquiétude. Comme tout futur parent, nous nous demandions si « c'est normal » d'avoir la nausée, des douleurs lombaires, des hémorroïdes et l'obstétricien qui était très à l'écoute savait à chaque fois trouver les mots pour nous rassurer. Mon passe-temps favori était devenu l'observation…

L'observation de ce ventre bien rond qui grossissait chaque jour. Il suffisait que je pose ma main et l'habitant car c'est ainsi que nous l'avions surnommé se mettait à bouger. Pour moi, chaque coup de pied donné était un sourire. Je nous imaginais bientôt tous les trois allongés sur le lit illuminés par les rayons du soleil, profitant de cet instant de plénitude.

J'avais rencontré Elsa au lycée. Nous avions deux classes en commun et quand elle m'a proposé d'accompagner un voyage à Naples, je n'ai pas imaginé pouvoir refuser. Pendant le voyage, nous nous sommes beaucoup rapprochés et au retour, nous sommes sortis ensemble. Très vite, nous avons emménagé dans son appartement et puis, la vie a fait le reste… Nous avons acheté une maison, nous avons décidé d'avoir un enfant et voilà… Nous étions pris dans le tourbillon de la vie. Je n'avais pas pour autant renoncé à mes loisirs. J'ai toujours adoré le sport, je faisais régulièrement des marathons, celui de New York, Paris et Barcelone étaient mes préférés. Bien entendu, je m'entraînais tous les jours, j'étais le cliché du professeur de physique chimie. J'allais au lycée en vélo, mon cartable ficelé sur le porte-bagage, ce qui mettait Elsa hors d'elle.

Elle me disait qu'il était dangereux de zigzaguer au milieu des pots d'échappement. Il est vrai que les automobilistes sont parfois imprudents en ce qui concerne les deux roues avec qui ils doivent partager la chaussée. Mais moi, j'avais besoin de me sentir libre, glissant tel un patineur entre les véhicules.

Je devais aller faire le marathon de Barcelone et j'hésitais à y aller, je ne voulais pas laisser Elsa, j'avais le sentiment qu'il me fallait rester à ses côtés au cas où il se passe quelque chose.

« Vas-y ! Enfin, que veux-tu qu'il se passe ? L'habitant ne va pas sortir, je ne suis enceinte que de six mois et puis tu t'en vas seulement trois jours, en plus, mon sac pour la maternité est prêt…Alors, vas-y ! ça te changera les idées… » Il ne m'en avait pas fallu plus pour que je me décide.

Je partais avec Louis et Kleiber que je connaissais depuis la maternelle, chacun avait fait sa vie mais nous ne nous étions jamais quittés, ensemble, nous avons fait tour à tour du tennis, du rugby et c'est la course à pieds qui a fini par faire l'unanimité. Ils avaient un peu comblé le vide que Luc avait laissé. Nous étions pères de famille même si j'étais le seul qui ne pouvait pas encore tenir sa descendance dans les bras, et les marathons étaient nos instants de complicité, de rigolades, de jeunesse retrouvée.

Louis était le chef d'une entreprise de services à la personne, son épouse Maria était mère au foyer qui s'occupait de leurs cinq enfants. Kleiber était vitrailliste, marié à Inga qui était une sculptrice suédoise, parents de jumeaux, Lukas et Nils.

Nous avions tous les trois une vie bien remplie mais nos marathons étaient en quelque sorte nos retrouvailles. Nous dormions chaque année à l'hôtel Crowne Plaza, nous prenions trois chambres individuelles communicantes, ce qui nous permettait d'être ensemble tout en préservant l'intimité de chacun.

Une fois les sacs vidés, direction Montjuïc pour récupérer les dossards, cette année était une première pour nous, nous avions laissé la catégorie Sénior derrière nous au profit de celle des Vétérans A, les 35-44 ans, cela ne nous avait pas affligé, pas plus que le florilège de cheveux blancs qui décoraient notre tête, nous vieillissions, bien entendu, comme tout le monde, mais nous étions là, nous allions courir les 42,195 kilomètres comme l'an dernier, peut-être mettrions-nous plus de temps, mais cela ne nous chagrinait pas, l'essentiel était de finir. Nous ne faisions pas partie de ces jeunes quarantenaires qui se plaignaient d'avoir changé de dizaine, non, nous, nous étions heureux, épanouis dans nos vies de famille, du moins, c'est ce que chacun d'entre nous laissait paraître. Une fois les dossards récupérés, nous profitions un peu de la beauté de la capitale catalane, nous flânions et contrairement à ce que peuvent penser les femmes, quand des hommes se retrouvent entre eux, ils ne parlent pas de choses fantasmatiques, non, ils parlent de sport, de leurs femmes, de leurs enfants, de leur boulot, et c'est ce que nous faisions… Moi, je n'avais que l'habitant à la bouche, j'étais en admiration. A chaque échographie, je me délectais de sa moindre mouvance… C'était mon habitant que je languissais de serrer dans mes bras. Bien sûr, cela faisait sourire Louis et Kleiber qui, étant déjà pères avaient déjà assisté à la naissance de leurs héritiers, eux, n'étaient plus dans l'imaginaire mais dans le concret, contrairement à moi qui évoluais dans le long couloir inconnu de la paternité.

* * *

Un beau soleil se profilait ce matin-là. On pouvait entendre des pas dans le couloir qui laissaient supposer que certains participants s'étaient déjà levés pour s'échauffer un peu avant la course.

Un quart d'heure après, nous nous retrouvons dans la salle du restaurant devenue la salle des pas perdus des coureurs. Certains s'étiraient, d'autres sautillaient sur place, il y régnait une atmosphère de rivalité joyeuse, car la compétition opposait surtout chacun d'entre nous à ses propres limites, il fallait faire un meilleur chrono que l'année dernière.

Les dossards en place, nous voici Place d'Espagne, au milieu des 15 000 coureurs qui sautillent sur place, lacent leurs chaussures, et c'est parti !

Nous nous étions fixé comme objectif de faire un meilleur temps que l'année dernière, j'avais fini au bout de trois heures trente-huit, suivi de près par Kleiber, Louis était arrivé le premier, avec trois heures vingt-une minutes.

Il fallait courir un peu plus de quarante-deux kilomètres, il ne fallait donc pas partir trop vite et se préserver. On entendait les pieds des coureurs fouler le sol tel un troupeau dont chaque tête avait le même objectif : terminer le marathon. Je n'étais pas encore passé devant le Camp Nou que je commençais à sentir un point de côté, ce qui ne m'était plus arrivé depuis les cours d'EPS au collège, mais la soif de la performance étant plus forte, je continuai à courir tentant d'oublier ma douleur. Je sentais que la douleur occupait de plus en plus de place, elle essayait de prendre le dessus mais je me battais et je ne m'arrêtais pas, non, je me devais de finir le marathon pour plusieurs raisons ; la première : Kleiber et Louis m'auraient chambré jusqu'à ma mort et la deuxième et la plus importante à mes yeux, c'est que j'avais laissé Elsa en France avec l'habitant et par respect pour elle, par respect pour eux, je me devais de franchir la ligne d'arrivée. Soudain alors que je passais devant la Sagrada Familia, j'eus la sensation que j'avais perdu mon combat contre la douleur qui me paralysait à présent jusqu'au thorax.

Peu à peu, elle comprimait tous mes membres, elle bloquait ma circulation sanguine, j'avais la sensation d'être pressé comme un agrume dans une centrifugeuse. Elle avait gagné tout mon corps, elle avait chassé toute la volonté que mon cœur mettait à l'ouvrage, elle était en train de m'anéantir, de prendre jusqu'à mon dernier souffle.

* * *

— Me entiede usted ? Puede abrir los ojos ? Señor, Apreté mi mano si puede oirme...

J'avais la sensation de flotter, d'être sur un nuage qui voyageait dans les méandres de mes souvenirs, je revoyais ma grand-mère avec qui j'étais si complice, je revoyais mon grand-père qui préparait les appâts pour aller à la pêche, je me revoyais enfant jouer aux Majorette avec Luc… Je sentais sur mes lèvres le premier baiser donné par la belle Isabelle, je sentais la main de ma mère me caressant le front chaque soir avant de m'endormir. Il m'arrivait quelque chose de formidable et soudain, je vis une salle d'hôpital, des médecins qui s'agitaient autour d'un homme vraisemblablement en arrêt cardiaque. Ces gens parlaient espagnol, ils avaient l'air très inquiet.

Ils hurlaient :
— No puede morir! Carga las paletas!

Je décidai de détourner le regard car c'était trop difficile de voir la mort chasser la vie pour mieux prendre sa place dans ce corps encore chaud.
Mais ce que je découvris en détournant le regard fut encore plus horrible, je vis Kleiber et Louis faisant les cent pas, la mine déconfite.

— Ce n'est pas possible, il va s'en sortir hein ? Il peut pas partir comme ça, c'est un sportif, il a un bon cœur, c'est juste un malaise, tu ne crois pas ?

Kleiber regardait Louis les yeux larmoyants…
— J'espère ! C'est vrai qu'Antoine est costaud mais j'ai l'impression que ce n'est pas un simple malaise tu sais, il y a eu bien trop d'agitation pour que ce ne soit qu'un simple malaise.
Soudain, je sentis comme un coup de poignard dans ma poitrine, puis un second. C'est affreux, qu'est-ce qu'il m'arrive ? Arrêtez ! Arrêtez ! Stop !

— Tengo el ritmo cardiaco!

— Señor, Señor, puede entenderme?

Je baissais les paupières avec difficulté. J'avais la sensation que quelqu'un les avait collées avec un ruban adhésif pour m'empêcher de les fermer.

Je vis Louis et Kleiber s'approcher, je leur attrapai la main :
— Que s'est-il passé ? On a eu un accident ?

Je vis la gravité dans le regard de Louis :

— Non ! Nous n'avons pas eu d'accident ! Tu as fait un infarctus lors du marathon, ton cœur s'est arrêté. On a demandé ton rapatriement en France mais pour l'instant, il faut attendre, ils veulent te garder au moins cette nuit.

J'étais abasourdi, « Un infarctus ? Moi qui ai toujours eu une hygiène de vie irréprochable, je ne mange jamais de graisses, je ne fume pas, je bois occasionnellement de l'alcool, ce n'est pas possible, vous êtes sûrs ? »

Louis opina du chef.

— N'appelez pas Elsa d'accord ? Vous attendez, avec le bébé, je ne veux pas qu'elle s'inquiète… En plus, on est en Espagne et les Espagnols n'ont pas une très bonne réputation en domaine de soins, alors, je préfère attendre, d'accord ?
— Si tu veux mais je t'assure que tu as fait un infarctus, nous avons vu ton corps sans vie, ils ont dû te réanimer, regarde ta poitrine. Tu n'es pas passé loin, il va falloir que tu te préserves maintenant, tu nous as fait très peur.

On frappe à la porte.
— Bon, on doit te laisser, on ne peut pas rester longtemps, il faut que tu te reposes.

Antoine embrassa ses amis avant qu'ils ne quittent la pièce et que les pensées se bousculent dans sa tête Il se souvenait… Le point de côté, qui avait grandi, grandi jusqu'à envahir tout son thorax et l'écraser tel un étau. Il pensait à Elsa, elle qui avait peur qu'il se fasse renverser par une voiture, elle n'avait jamais pensé à un infarctus, normal, il avait une hygiène de vie frôlant la perfection hormis quelques écarts occasionnels pendant les vacances. Et l'habitant ? Il allait être père et il avait failli ne jamais voir sa descendance. Il sentait encore une douleur dans la poitrine, il essaya de se reposer un peu, il fallait arrêter de penser car plus il pensait plus il avait mal, il fallait se calmer à présent, se calmer.

* * *

— Tiens, ça y est ! Vous êtes revenus, alors, qui a fait la plus belle performance ?

— Elsa, assieds-toi, il est arrivé quelque chose mais ce n'est pas grave.

La femme enceinte se sentit défaillir, dans sa tête, tout allait très vite. Antoine n'était pas là. Il s'était passé quelque chose mais pas grave.

— Que s'est-il passé ? Antoine va bien ? Je suis certaine qu'il s'est cassé la jambe, c'est ça ? Le tendon d'Achille ? Il a toujours été fragile du tendon d'Achille ! Où est-il ? Où est-il ?

Kleiber la prit dans ses bras et la serra fort pendant que Louis lui raconta qu'Antoine avait fait un infarctus et qu'il venait d'arriver à l'hôpital Cochin où il était en train d'être pris en charge dans le service de cardiologie. Elsa sentit tout son corps tressaillir, ses larmes coulaient sur son visage au teint hâlé. Tandis que Kleiber la consolait, Louis était à l'étage en train de ranger quelques affaires dans un sac de voyage pour Antoine.

Quand elle vit Antoine, elle le serra très fort dans ses bras. Il lui avait fait tellement peur… elle ne voulait pas le perdre. Tout allait si bien… ils allaient devenir parents. « La Vie » ne pouvait pas être si cruelle. Ils étaient heureux et allaient l'être encore plus en agrandissant leur famille. Pourquoi ce bonheur ne pourrait-il durer ? Pourquoi ça tombait sur eux ? Qu'avaient-ils bien pu faire pour mériter ça ?

Toutes ces questions se bousculaient dans son esprit. Elle qui était athée se surprit à répéter « Pourvu qu'il ne lui arrive rien… »

Puis, avec le temps, ces interrogations s'étiolèrent jusqu'à s'anéantir totalement.

* * *

Cela faisait maintenant quelques semaines qu'Antoine avait fait son infarctus, le ventre d'Elsa continuait de s'arrondir et l'habitant se développait, les futurs parents avaient même pu faire sa connaissance lors de l'échographie en 3D. Cette technologie était magique ! Elle permettait de voir à quoi ressemblerait l'enfant à la naissance alors qu'il flottait encore dans son liquide amniotique. Elsa faisait la liste des ressemblances, il avait le nez d'Antoine mais son menton à elle, avec ses lèvres fines. Antoine, lui, ne cessait de penser à ce qui lui était arrivé en Espagne, il ne pouvait croire qu'il avait fait un infarctus avec l'hygiène de vie qu'il entretenait. Il suivait les conseils de son médecin mais il avait tout de même envie de reprendre la course à pied, ce qui lui avait été fortement déconseillé, du moins pour l'instant. Malgré ces mises en garde, il décida un dimanche matin d'aller courir dans le parc qui ne se trouvait pas très loin de chez eux, il ferait seulement un tour, pas plus. De lacer ses chaussures avait été un bonheur intense, ensuite, dès que son corps s'était mis en mode course, il éprouva un intense moment de plaisir, il sentait l'air glisser sur son visage, il sentait son dos vibrer chaque fois qu'un de ses pieds foulait le sol, il lui semblait qu'il était en train de retrouver des sensations oubliées, ce qui le rendait immensément heureux. Soudain, il sentit une violente douleur dans la poitrine.

* * *

Quand Elsa se réveilla, elle passa la main à côté d'elle et elle ne trouva personne, le drap était froid, le lit était vide. Elle se redressa comme elle pût dans le lit et appela son mari. Rien, aucune réponse. Elle se dit qu'il avait dû aller à la boulangerie chercher des croissants tout chauds pour qu'ils prennent leur petit-déjeuner au lit en amoureux. Elle alla préparer le thé Chai Latte, devenu leur boisson de référence depuis qu'ils avaient banni le café de leur vie.

Soudain, on frappa à la porte.

— Tu as encore oublié tes clefs ?

Quand elle ouvrit la porte, elle sentit un frisson lui traverser tout le corps…

Elle se trouvait face à deux gendarmes et avant même qu'ils parlent, elle comprit qu'il s'agissait d'Antoine.

— Il a eu un accident, c'est ça ?

— Bonjour Madame, nous pouvons entrer s'il vous plait ?

Elsa acquiesça. Un des gendarmes, le plus jeune l'invita à s'asseoir sur le canapé puis s'assit à ses côtés, l'autre, le plus âgé se racla la gorge.

— Madame, si nous sommes ici, c'est qu'il s'est passé quelque chose. Votre mari a été retrouvé inanimé au parc Marco Polo, il a été transporté en urgence à l'hôpital Cochin mais il semble qu'il a fait un infarctus.

— Au parc Marco Polo ? Mais la boulangerie se trouve à l'opposé, qu'est-ce qu'il faisait au parc ? Vous êtes sûrs qu'il s'agit de mon mari ? Mon mari s'appelle Antoine Ducellier, vous êtes sûrs qu'il s'agit de lui ?

— Oui Madame, nous allons vous accompagner à l'hôpital, vous voulez qu'on appelle quelqu'un pour vous ?

Elsa pleurait, elle était inconsolable, comment se faisait-il qu'Antoine se trouve au parc ? Elle ne comprenait rien, elle n'entendait rien, elle voyait ces deux gendarmes mais elle était ailleurs. Cauchemardait-elle ? Il fallait qu'elle se réveille ! Elle regardait les deux hommes. Le plus jeune se leva, alla lui chercher un verre d'eau et le lui tendit.

— Merci. Dans mon téléphone portable, il faudrait appeler Kleiber et Louis, ce sont les amis de mon mari.

Le gendarme plus âgé fit un signe de la tête invitant son collègue à s'occuper des coups de téléphone. Elsa se leva et se dirigea dans sa chambre pour s'habiller.

Quarante minutes plus tard, elle se trouvait dans la salle d'attente de l'hôpital.

Il s'était écoulé un peu plus d'une heure depuis son réveil et en si peu de temps, sa vie avait basculé. Elle qui s'attendait à un petit déjeuner en amoureux se retrouvait à l'hôpital. Elsa avait vraiment l'impression que le Sort s'acharnait sur eux. Alors qu'elle était perdue dans ses pensées, Kleiber la rejoignit. Elle avait toujours été proche de lui… de Louis aussi, mais un lien particulier la reliait à Kleiber. Quand ils étaient ensemble, il n'était pas rare que ces deux-là se liguent pour taquiner Antoine ou Louis.

Kleiber la serra fort.

— Je suis là… Tout va bien se passer, ne te fais pas de soucis.
Louis arriva quelques minutes plus tard.

***

— Madame Ducellier?
— Oui…
Elsa se leva.
— Vous venez avec moi s'il vous plait ?

Elsa prit les mains de Louis et Kleiber pour qu'ils l'accompagnent.
L'infirmière les emmena dans une chambre dans laquelle était allongé Antoine, des tubes lui sortant de partout.

— Le Docteur va venir vous voir.
— Mon Dieu, Antoine, tu m'entends ? Réponds-moi, tu m'entends ?

La porte s'ouvrit. Un homme grand, blond en blouse blanche et en Crocs jaunes entra.

— Bonjour, je suis le Docteur Banel, le cardiologue qui a pris votre mari en charge dès son arrivée. Il semble que votre mari ait fait un infarctus …
— Mais il en a déjà fait un il y a quelques semaines…
— Oui, je sais, j'ai consulté son dossier et c'est justement là le problème. Son cœur était faible et maintenant, il est encore plus faible. Nous avons mis

en place un traitement d'urgence, nous lui avons administré des sédatifs et demain, nous ferons le point avec son cardiologue.

— Mais il va rester ici ?

— Oui, nous le gardons en réanimation. Vous pouvez rester un peu avec lui mais après, il va falloir le laisser se reposer. L'infirmière vous donnera un numéro de téléphone auquel vous pourrez nous joindre pour avoir de ses nouvelles.

Le Médecin posa sa main sur l'épaule d'Elsa et sortit.

Elsa regarda Louis et Kleiber, elle alla s'asseoir un moment à côté d'Antoine, lui prit la main et la posa sur son ventre.

— Pour l'habitant, il faut que tu sois fort ! On a besoin de toi plus que tout !

Dans un coin de la pièce, Kleiber et Louis s'organisaient pour ne pas qu'Elsa reste seule. Ils mangeraient ensemble chez Louis et ce soir, Inga resterait dormir avec Elsa, les deux femmes avaient toujours été très complices.

Kleiber alla auprès d'Elsa et la saisit tendrement par les épaules.

— On y va ? On reviendra demain ?

Elsa déposa un léger baiser sur les lèvres d'Antoine, lui susurra un "Je t'aime" et sortit de la pièce en tenant le bras de Kleiber.

* * *

Arrivés dans la voiture, Kleiber osa rompre le silence.

— Comment est-ce que tu vis tout ça Elsa ?

Elsa le regarda les yeux pleins de larmes, c'était la première fois qu'on lui posait la question à elle, pour savoir comment elle allait.

— Mal !

Il put deviner un sourire sur ses lèvres.

— Le contraire serait impossible… Mais tu sais que nous sommes là… Tu le sais ?

— Merci Kleiber ! Mais tu vois, je suis enceinte, mon mari, le père de mon enfant a fait un infarctus il y a quelques semaines et voilà qu'aujourd'hui, il a remis ça car il a voulu défier je ne sais quelle loi… Quel imbécile ! Je ne vais pas bien du tout ! J'ai peur ! J'ai peur tout le temps ! Moi qui ai toujours souri à la Vie, j'ai peur ! Je me dis que si ça se trouve mon enfant ne connaîtra jamais son père et qu'il devra grandir sans présence paternelle et ça ! Ça ! Ça me fait extrêmement peur ! Ça me pétrifie ! J'ai tellement besoin d'Antoine… Cet enfant, nous l'avons fait à deux et je veux que nous soyons deux à le voir grandir et se construire.

— C'est une question de temps… Il est costaud Antoine ! Dans quelques semaines, ce ne sera plus qu'un mauvais souvenir. »

Kleiber la serra fort dans ses bras. Il trouvait son discours ridicule et absurde. Lui aussi avait peur pour Antoine. Lui aussi craignait qu'il ne voie jamais son fils marcher. Mais il fallait qu'il reste positif pour Elsa ou du moins, qu'il feigne de l'être.

* * *

La journée entre amis se passa sans qu'Elsa n'y prenne garde, elle regardait les enfants s'amuser, elle sentait le sien bouger à l'intérieur de son corps, mais elle était absente, elle était spectatrice de tout ce qui l'entourait. Elle répondait par des hochements de tête, des grognements, ne parvenant pas à parler. Elle n'avait pas eu la force ni l'envie de téléphoner à l'hôpital pour prendre des nouvelles, certainement par crainte que l'état de son mari ait empiré. Et puis, elle lui en voulait. Comment avait-il pu lui faire ça ? Pourquoi était-il parti courir ce matin-là ? L'habitant et elle ne lui suffisaient pas ? Que voulait-il prouver ?

Elle avait besoin de se dire que tout cela n'était qu'une mauvaise épreuve à passer et qu'après, tout irait bien, mais pour l'instant, il fallait passer cette étape.

Le soir, quand elle se retrouva avec Inga, elle se laisse aller à quelques confidences, elle parla de ses craintes pour l'habitant d'abord, puis pour Antoine ; il avait toujours été très protecteur à son égard, c'était lui le pilier solide et indestructible de leur couple, Elsa, elle, n'avait pas la carrure pour s'occuper de tout, c'était le domaine d'Antoine. Depuis quelques temps, elle avait bien senti que la routine s'était installée dans leur couple mais elle pensait que c'était normal mais là, même si elle ne comprenait pas le geste d'Antoine d'être retourné faire du footing, elle était certaine d'une chose ; Antoine ne pourrait pas se passer de faire du sport, cela le ferait se sentir diminué et elle ne savait pas si elle serait assez forte pour lui remonter le moral, pour l'aider. Peut-être valait-il mieux qu'il meure, qu'elle se retrouve seule avec l'habitant. Elle éclata en sanglots. Inga la consolait.

— Je suis un monstre de penser ça !
— Tu as tout simplement peur, c'est tout et c'est normal…

Ce dont elle était loin de se douter, c'était qu'Antoine était réveillé dans sa petite chambre et qu'il pensait. Il se disait qu'ils avaient peut-être raison quand ils lui disaient qu'il ne fallait pas qu'il reprenne le sport et qu'il fallait qu'il se ménage, il avait voulu faire la forte tête et il avait la sensation qu'il allait payer cela très cher.

— Vous avez besoin de quelque chose Monsieur Ducellier ?

— Je suis fatigué. J'ai la sensation d'avoir été écrasé par un rouleau compresseur. Vous pourriez me donner mon portable s'il vous plait ?

— Demain, on vous changera de chambre et on vous donnera votre portable. En attendant, il faut vous reposer un peu.

* * *

Toc toc toc. La porte s'ouvrit. Antoine reconnut son cardiologue qui était accompagné d'un autre docteur.

— Bonjour Monsieur Ducellier… Voici le Docteur Banel, c'est lui qui vous a pris en charge lors de votre arrivée hier.
— Bonjour
— Antoine, hier, vous avez été victime d'un infarctus. Cette fois, il a été plus massif que la dernière fois. Nous allons vous donner un traitement et vous faire passer une série d'examens.
— D'accord, mais vous pensez que je pourrais sortir bientôt ?
— Nous allons déjà faire les examens. »

Le cardiologue s'empara de son stéthoscope et l'ausculta.

— Nous allons commencer par un électrocardiogramme et une échographie et puis nous verrons au fur et à mesure.

— Mon épouse a été prévenue ?
— Oui, bien entendu, d'ailleurs, elle ne devrait pas tarder, les visites ne commencent qu'à onze heures. »

Elsa ajustait sa ceinture de maintien devant le miroir avant de se diriger vers l'hôpital. De s'être confiée hier à Inga lui avait fait beaucoup de bien. Elle avait appelé le bureau des infirmières dès son réveil et on lui avait dit qu'Antoine était réveillé depuis hier et qu'elle pourrait le voir à partir de onze heures.

La porte s'ouvrit… Elsa entra.

— Bonjour ! Comme je suis heureux de te voir…

Alors qu'Elsa se penchait pour embrasser Antoine, ce dernier posa la main sur le ventre.

— Comment te sens-tu ?
— J'ai mal partout mais ça va ! Tu sais que je suis solide comme un roc !
— Tu as vu quelqu'un ?
— Oui, le cardiologue et le docteur qui m'a pris en charge hier sont passés tout à l'heure. Ils m'ont dit qu'ils allaient me faire passer un électrocardiogramme et une échographie et qu'ils verraient au fur et à mesure.
— Ils ne t'ont pas dit dans combien de temps tu sortiras ?
— Non ! Ils m'ont dit qu'on verrait au fur et à mesure.

— Il va falloir que tu fasses ce qu'ils te disent Antoine. Ils t'avaient interdit le sport suite à ton premier infarctus, qu'est-ce qu'il t'a pris d'aller courir ?"

Antoine vit qu'Elsa était furieuse. Il lui prit la main.

— J'avais besoin de me prouver qu'ils s'étaient trompé, qu'ils avaient fait une erreur, que je n'avais aucun problème et que je pouvais encore courir comme avant.

— Qu'ils s'étaient trompé ? Mais tu n'as pas compris ? Ce n'est pas un rhume que tu as attrapé à Barcelone, tu as fait un infarctus, un infarctus, tu comprends ce que ça veut dire ? Enfin, Antoine, qu'est-ce que tu ne comprends pas là-dedans ? Tu es inconscient ?

— Non ! Je sais tout ça, mais avec l'hygiène de vie que j'ai, avec tout le sport que je fais, je me suis dit que je ne pouvais pas avoir fait un infarctus et qu'ils avaient exagéré la chose.

Elsa qui s'était radoucie lui confia qu'elle ne pouvait pas vivre dans la peur, qu'elle avait besoin de lui faire confiance, qu'il fallait qu'il lui promette de faire attention à lui. Ils avaient décidé de faire un enfant à deux et elle n'envisageait pas de l'assumer toute seule.

Antoine sentit ses yeux se remplir de larmes. Il avait compris, Elsa était morte de trouille, il fallait qu'il soit fort, pour elle, pour lui et pour l'habitant. Il pouvait le faire, il était fort, réfléchi, mais là, quand on lui avait annoncé qu'il fallait qu'il arrête le sport, il s'était senti diminué, comme un papi à qui on aurait retiré son déambulateur pour ne plus qu'il sorte dans son jardin devenu trop dangereux. Et bien entendu, il avait eu la réaction stupide de vouloir leur montrer qu'il pouvait encore faire du sport et que ce n'était pas aussi grave que ce qu'ils s'acharnaient à lui dire. Mais il s'était trompé, il avait surestimé son corps, il s'était surestimé lui-même et aujourd'hui, il en était désolé, il s'en voulait tellement... mais c'était trop tard, il fallait avancer et ne plus se lamenter sur son passé.

— Je vais faire tout ce qu'ils vont me dire, ne t'inquiète pas ! Je serai là pour l'habitant et pour toi... Nous serons très heureux tous les trois, je te le promets, je te le promets.

Elsa esquissa un sourire tandis qu'une infirmière entra pour conduire Antoine passer l'électrocardiogramme.

— Tu me laisseras mon portable ?
— Oui, bien entendu... Je rentre à la maison pour me reposer, tu m'appelles tout à l'heure ?
— Oui, à tout à l'heure. Je t'aime et ne t'inquiète pas.

Elsa sourit.

— Je t'aime aussi.

***

Antoine scrutait le regard du cardiologue qui était en train de lui faire l'échographie cardiaque. Son visage ne laissait rien paraître, il ne se voulait ni rassurant ni inquiétant.

— Alors ?
— Alors ? Votre médecin passera vous voir.
— Mais vous, que voyez-vous ?

Le médecin le regarda par-dessus ses lunettes. « Un cœur ! »

— Oui, mais comment va mon cœur, il va bien ?
— Il bat.

Antoine comprit qu'il n'apprendrait rien de plus de cet homme. Heureusement que son cœur battait, sinon, il ne ferait plus partie de ce monde ! Cet homme était un idiot ! Il attendrait que son cardiologue vienne le voir dans sa chambre pour lui donner les résultats.

Quand il arriva dans sa chambre, l'infirmière vint le voir pour vérifier s'il avait besoin de quelque chose. Antoine était exténué, il n'avait rien fait pourtant ; il était vidé, à bout de forces.

— C'est normal ! Il faut écouter son corps et ne pas trop en faire ! Reposez-vous, essayez de dormir un peu.

Antoine réfléchissait, tout le monde avait l'air gentil ici, est-ce qu'ils étaient gentils avec tout le monde ou juste avec lui ? Parfois, quand le personnel soignant est autant aux petits soins avec un patient, c'est que ça ne sent pas très bon, il se repassait le film mais il était si fatigué qu'il s'endormit.

Son voyage dans les bras de Morphée était terminé mais il n'avait pas encore ouvert les yeux, profitant encore quelques minutes de cette phase entre le sommeil et l'éveil où on sait ce qu'il se passe dans le monde des éveillés mais que nous sommes encore dans le monde des endormis, sur cette sorte de passerelle reliant les deux mondes.

— Quand même, c'est triste ! Quand on pense qu'il va être papa et qu'il avait tout pour être heureux ! Quel gâchis !

— J'ai croisé sa femme ce matin, la pauvre, elle était défaite...

Puis les voix se firent de plus en plus lointaines et il entendit la porte se fermer.

Antoine se releva dans le lit, il arrangea les oreillers dans son dos et s'appuya. Il réfléchissait, ce qu'il venait d'entendre confirmait ses inquiétudes, il était mal, très mal... Il était pris d'une peur qui le terrorisait, il ne voulait pas mourir, il voulait vivre ! Il voulait voir son enfant grandir, faire ses premiers pas, le conduire aux matchs de foot le samedi, l'encourager, lui dire que c'était lui le plus fort ! Il voulait vivre tout ça et il ne savait pas pourquoi, cette petite voix au fond de lui lui disait qu'il risquait de ne jamais le vivre.

Il saisit son portable et activa la 3G, direction Google, il fallait qu'il en ait le cœur net ! Si on ne voulait rien lui dire ici, lui, il trouverait une solution, il ne pouvait pas mourir, c'était impossible, inconcevable.

Il commença à taper « infarctus » sur le moteur de recherche. Il y eut 482 000 résultats.

Il ouvrit le premier article, il commença à lire … il y avait même une vidéo du cœur en train de faire un arrêt cardiaque.

Il ouvrit plusieurs articles mais aucun ne répondait à ses attentes, aucun. Il se dit qu'il n'était pas assez précis sur le moteur de recherché.

— Vivre après deux infarctus.

Et là, il apprit de nombreuses choses, par exemple qu'après un premier infarctus, de nombreux patients continuent à vivre comme ils le faisaient, ils conservaient leur mauvaise hygiène de vie, leurs habitudes alimentaires, leur petite cigarette, lui, par exemple avait voulu reprendre son activité physique qui lui avait valu un deuxième infarctus. Résultat : près d'1 patient pris en charge pour un infarctus sur 7 décède dans l'année qui suit ! ça aurait pu être lui… il eut la sensation de se liquéfier…Alors, c'était vrai, il avait voulu braver la vie, il avait voulu croire que les médecins s'étaient trompé sur son compte, que lui ne pouvait pas avoir fait d'infarctus mais vraisemblablement, il avait été victime par deux fois d'un infarctus et le deuxième était entièrement de sa faute.

Il avait failli ne jamais connaître l'habitant, il avait failli faire d'Elsa une veuve à même pas quarante ans, il avait failli mourir tout simplement.

Il ressentit soudainement le besoin de parler. Oui ! Il fallait qu'il parle ! Vite ! Il lui fallait quelqu'un à qui parler. Il appuya sur la sonnette qui était accrochée à la barrière de son lit.

Une infirmière entra dans la chambre.

— Tout va bien ? Vous avez besoin de quelque chose ?

— Je ne veux pas mourir !

— Mais qui vous a dit que vous alliez mourir ? Ce n'est pas notre objectif vous savez, nous préférons éviter que les gens meurent chez nous, ça fait de mauvaises statistiques !

Antoine regarda la jeune infirmière désappointé.

— Qu'est-ce qu'il vous arrive ?

Antoine essayait de se calmer mais c'était impossible.

— Je viens de prendre conscience que j'ai failli mourir et que je vais peut-être mourir car j'ai été trop orgueilleux, je n'ai pas voulu écouter les recommandations des médecins, je me suis cru plus fort qu'eux, plus fort que la mort. Et maintenant, je viens de comprendre que je vais peut-être mourir. Ici, personne ne me dit rien, je vois bien que personne ne me regarde dans les yeux, je vois bien que personne ne veut me donner d'espoir. J'ai entendu quelqu'un sortir de la chambre en disant que j'avais tout pour être heureux et que j'avais tout perdu.

— Calmez-vous ! Allez, calmez-vous ! On va vous soigner… Il y a toujours une solution, seulement, il nous faut parfois un peu de temps pour la trouver. Il faut vous calmer et rester fort car votre femme a besoin de vous, elle a déjà eu très peur, il ne faut pas plus l'éprouver. Je vais vous donner un comprimé pour vous détendre. » Elle serra la main d'Antoine et se leva. Elle revint quelques minutes plus tard et lui tendit une coupelle dans laquelle se trouvait le précieux antidote qui allait chasser chacune de ses pensées.

* * *

Quand Elsa entra dans la chambre, c'est un visage fatigué mais serein qui l'accueillit.

Antoine tendit le bras vers elle.

— Tu as bien dormi ?

— Oui, et toi ?

— Ça va, à part l'habitant qui n'aime pas quand je suis allongée… ça va !

Antoine posa sa main sur le ventre bien rond. Un coup se fit sentir…

— Voilà ce que j'ai senti toute la nuit !

On frappa à la porte.

— Bonjour, aujourd'hui, nous allons vous faire passer une série de tests.

— D'accord. Et après, je pourrais sortir ?

— Nous verrons… Il est pressé de nous quitter !

Tous les trois esquissèrent un sourire.

Le docteur les salua et quitta la pièce.

— Je l'aime bien, il a l'air de savoir ce qu'il fait, dit Elsa.

— Oui, j'espère qu'il sait ce qu'il fait…

— J'ai eu Kleiber, il m'a dit qu'il passerait pendant sa pause déjeuner. Inga devrait passer dans l'après-midi et Louis dans la soirée.

— Que de visites ! Et toi, que vas-tu faire aujourd'hui ?

— Valérie a proposé de déjeuner avec moi et de m'aider pour finir la chambre du bébé.

La chambre du bébé… Antoine n'était même pas là pour la préparer. Si seulement il avait écouté les recommandations de son cardiologue, ce serait lui aujourd'hui qui serait en train de tout installer, au lieu de ça, il est là, dans cette chambre d'hôpital qui sent la mort, dans ce lit froid qui lui rappelle à chaque seconde qu'il ne devrait pas être là. Mais pourquoi avait-il été si stupide ?

Il avait toujours été quelqu'un de très réfléchi, il savait que fumer provoque le cancer, alors, il ne fumait pas. Il savait que l'obésité était dangereuse donc, il avait une bonne hygiène de vie. Il savait qu'il fallait avoir de l'activité physique, alors, il s'entretenait et là, qu'avait-il fait ? Pourquoi enfin n'en avait-il fait qu'à sa tête ?

Il s'était peut-être cru au-dessus de ce qu'on lui avait dit, il avait voulu prouver quelque chose ?

En attendant, il payait cher son audace, il était coincé ici, dans cette chambre, avec des machines tout autour de lui qui semblaient lui dire :

— Ne t'inquiète pas ! Nous sommes juste là au cas où…

Mais lui, c'était ce « au cas où » qui lui faisait peur, lui voulait tout contrôler, lui ne voulait pas qu'il y ait d'imprévus, lui voulait tout simplement reprendre sa vie normale.

Elsa le sortit de sa rêverie.
— Il va falloir que j'y aille tu sais…

Antoine lui sourit.
— Je sais.
Il la serra tout contre lui et l'embrassa.

Elsa prit son sac et sortit.

Antoine n'avait pas eu le courage de lui dire qu'il était désolé pour tout ça. Il était censé la protéger et au lieu de tout ça, c'est elle qui devait venir le voir à l'hôpital, c'est elle qui devait finir de tout préparer pour l'arrivée de leur bébé. Il connaissait bien Elsa et même si elle était forte, cela allait bientôt faire trop pour elle. Dans leur relation, il s'était toujours senti investi d'une mission, il devait la protéger, être là pour l'épauler et là, il n'en était plus capable.

***

En remontant de passer les examens, il s'empara de son portable.

— Juste un message pour te dire que je suis désolé de ce qu'il s'est passé. J'aurais dû écouter les médecins et ne pas braver le sort. Je te demande pardon, je t'aime.

Elsa répondit :

— Je sais. Je t'aime. »

Il allait répondre quand le Dr Banel entra. Il s'approcha du lit d'Antoine.

— Nous avons à présent tous vos résultats d'examen.

— Ah… Alors, je vais sortir quand ?

— Je vais vous expliquer tout ça. Lors de votre deuxième infarctus qui a été plus massif comme je vous l'ai dit, votre cœur a énormément souffert, vraiment beaucoup souffert. Malheureusement, il n'existe pas de traitement pour vous soigner, votre cœur est en partie nécrosé et à moins de le remplacer…

— De le quoi ? De le remplacer ?
— Oui, vraiment, je suis désolé mais la greffe reste la seule solution.
— Une greffe ? Mais je n'ai même pas quarante ans ! Ce n'est pas possible ! Ecoutez, je n'ai rien contre vous, je vous aime bien d'ailleurs, mais je voudrais avoir l'avis d'un de vos confrères si cela ne vous dérange pas.

Le cardiologue s'assit sur le rebord du lit.

— Je comprends Antoine, il n'y a aucun souci, je vais demander à un de mes confrères de consulter tous les résultats de vos examens et de venir vous voir.

— Vous avez des questions ?

— Oui. Je ne veux pas que vous en parliez à ma femme. Elle est enceinte et je ne voudrais pas qu'elle s'inquiète plus que ce qu'elle ne fait déjà.

— Oui, comme vous voulez. Mais il faudra bien finir par la mettre au courant.

Le Docteur sourit à Antoine comme s'il lui souhaitait bon courage et sortit.

Antoine n'eut pas le temps de se remettre de l'annonce de cette nouvelle que Kleiber entra dans la chambre les bras chargés de magazines.

— Alors, quoi de neuf ?

Antoine le regarda intensément.

— Rien de plus. J'ai passé toute une série d'examens et j'attends que le médecin vienne me voir pour me donner le verdict.

— Il faut que tu en profites pour te reposer car après, quand l'habitant sera là, crois-moi, tu compteras tes heures de sommeil !

— Je ne le verrais peut-être pas, tu sais…

— Quoi ?

— L'habitant, peut-être que je ne le verrai jamais… Peut-être que je vais mourir avant…

— Mais tu es complètement con ! Pourquoi veux-tu mourir ? Enfin, ils vont te remettre sur pied !

— Le médecin vient de sortir…

— Mais alors, tu l'as déjà vu ?
— Oui, je l'ai vu…
— Et alors ?
— Et alors, ça ne sent pas bon ! Pas bon du tout…
— Bon, ça suffit, qu'est-ce qu'il t'a dit ?

Antoine éclata en sanglots. Kleiber le prit dans ses bras, il le serra le plus fort qu'il pût.

— Ils ont dit qu'il me fallait une greffe.
— Une greffe ?
— Oui, une greffe. Mon cœur est en train de se nécroser, le second infarctus dont je suis entièrement responsable a complètement bousillé mon cœur. Je me suis tué tout seul.

Kleiber accusait le coup, il essayait de ne pas être alarmiste ni de paraître alarmé.

— Et ça te pose un souci la greffe ?

Antoine le regarda désarçonné.

— Quel est le problème avec la greffe ? Il y a des tas de gens qui ont été greffés et qui vivent plusieurs dizaines d'années ? C'est le fait d'avoir le cœur de quelqu'un d'autre qui te dérange ? Tu as peur ? Qu'est-ce qui te gêne, Antoine ?

Kleiber s'entendait prononcer ces mots et ne savaient pas comment ils sortaient de sa bouche. Il était pétrifié pour son ami et pourtant, il se montrait si serein et rassurant. Peut-être qu'au fond, à force de regarder toutes ces séries hospitalières à la télé, il était passé maître en l'art de désamorcer les situations difficiles. Et ça fonctionnait…

Antoine se retira des bras de son ami.

— Je ne sais pas. C'est vrai, tu as raison, il y a des gens qui vivent greffé pendant encore longtemps. D'avoir le cœur de quelqu'un d'autre ne me pose pas de problème, quoi que je ne saurai jamais ce qu'il a vécu avant, ce cœur… Je ne saurai jamais s'il mangeait gras, sucré, salé, s'il faisait du sport… Mais quand même, le cœur de quelqu'un d'autre… Attendre qu'une personne ait un accident pour récupérer son cœur…

— Ils ne vont pas te donner un cœur d'un vieillard de quatre-vingt ans… Et puis le propriétaire du cœur qu'ils te donneront l'offre de bon cœur, il veut aider quelqu'un comme toi à continuer à vivre. Tu ne voles rien !

— Tu sais, en fait, quand le docteur m'a parlé de greffe, j'ai immédiatement pensé à Luc et j'ai eu l'impression que je lui prenais quelque chose. Je sais que c'est con, mais c'est à ça que j'ai pensé et tout s'est écroulé, tout.

— Il faut dire qu'en ce moment, tout va très vite… la grossesse, Barcelone, tout va très vite. Tu devrais prendre du recul et te dire que de toute façon, tu veux vivre et que s'il te faut être greffé, eh bien, tu seras greffé. Nous, nous serons là pour Elsa et le bébé et puis pour toi aussi. Il ne faut pas que tu t'inquiètes.

Antoine lui sourit.

— Merci Kleiber.

— De rien, bon, il va falloir que j'y aille… Tu parles d'une pause déjeuner… Je reviendrai tiens ! Tu as besoin de quelque chose ?

— Oui, juste un cœur ! Par contre, promets-moi que tu ne diras rien à Elsa… Ni à personne d'ailleurs, même pas à Louis…

— Compte sur moi !

Kleiber embrassa Antoine et sortit.

Les paroles de Kleiber avaient requinqué Antoine. Après tout, il avait raison, une greffe pouvait lui éviter la mort, donc, même s'il se doutait que ça ne serait pas facile, il faudrait être courageux et se dire que cela lui permettrait de rester en vie, de voir l'habitant grandir et de devenir un vieux grincheux auprès d'Elsa, il avait une chance inespérée qu'il ne fallait pas laisser passer. Antoine décida d'appeler une infirmière pour qu'elle lui parle de cette éventuelle greffe.

Kleiber était anéanti. Il était soulagé d'avoir pu remonter le moral à son ami mais il était effondré. Il pouvait à peine marcher, il sentait ses jambes s'échapper sous son poids. Il languissait d'arriver à sa voiture pour se remettre de ses émotions. Son ami allait être greffé. Et s'ils ne trouvaient pas de donneur compatible ? Et s'il faisait un rejet ? Et s'il mourrait ? C'était horrible ! Il était dans une spirale infernale… Comment pouvait-il l'aider ?

* * *

Dans l'après-midi, un autre cardiologue vint voir Antoine pour malheureusement lui confirmer ce que lui avait annoncé son confrère quelques heures plus tôt.

— Ma femme est enceinte de presque huit mois, vous pensez que j'ai une chance de voir mon fils si je ne suis pas greffé d'ici là ?

— Honnêtement, je peux vous assurer que vous ne serez pas greffé d'ici-là… Le temps d'avoir un donneur compatible prend en général plusieurs mois ou du moins plusieurs semaines pour les plus chanceux. De plus, on va vous laisser un délai de réflexion d'une quinzaine de jours pour prendre votre décision définitive. On va essayer de vous stabiliser, de vous requinquer un peu pour que vous puissiez rentrer chez vous dès que possible et nous verrons.

— Mais je suis d'accord pour la greffe. Ce matin, j'ai eu peur, mais maintenant, je veux vivre, je veux la greffe.

— Je comprends. Nous allons suivre le protocole et tout faire dans l'ordre. On s'occupe de tout, ne vous inquiétez pas…

Antoine comprit les jours suivants pourquoi le protocole prévoyait une quinzaine de jours pour que le patient donne officiellement sa décision. Chaque jour, il passait par des moments de doute, de peur, d'inquiétude, d'impatience, de joie, de tristesse… tantôt, il voulait être greffé, tantôt, il ne voulait pas, il avait la sensation de profiter de la mort de quelqu'un pour pouvoir vivre plus longtemps. Il devait sortir bientôt et reprendre une vie quasi normale. Il devrait beaucoup, beaucoup se reposer. Il n'avait toujours pas annoncé à Elsa que seule une greffe était la solution pour son cœur. Il n'avait pas peur de le lui dire mais il voulait prendre sa décision seul, c'était de sa vie dont il s'agissait. Il savait que Kleiber ne révèlerait son secret à personne. Il était fiable.

* * *

Ce n'était pas sans grande joie qu'Antoine avait quitté l'hôpital et était rentré chez lui. La vie avait à peu près repris son cours normal… Il avait repris ses séances d'observation, et se reposait beaucoup car il était très fatigué.

Ce matin, Elsa s'était sentie bizarre, elle n'avait rien voulu dire à Antoine pour ne pas qu'il s'inquiète mais elle ne se sentait pas comme d'habitude. Elle avait un peu mal au ventre.

Pendant qu'ils prenaient leur petit-déjeuner, elle sentit qu'elle était toute mouillée.

— Antoine, j'ai perdu les eaux !

— Tu as perdu les eaux, tu es sûre ?

— Oui ! Appelle les Pompiers, vite !

Quelques heures plus tard, un homme et une femme étaient devenus parents, ils faisaient connaissance avec leur habitant… Après l'avoir admiré pendant de longs instants n'en étant jamais rassasié, ils décidèrent de l'appeler Ange. Le petit garçon pesait 3.9 kg et mesurait 52 cm.

Ce n'est qu'en le tenant dans ses bras qu'Antoine se sentit plus responsable de ce petit être que de lui-même. Il savait que ce petit être de chair dépendait de lui, qu'il fallait qu'il le protège, qu'il le façonne de sorte à ce que « le monde » ne lui semble pas trop cruel. Ce fut également à cet instant qu'il décidât qu'il serait greffé. Il voulait vivre, pour Ange, pour Elsa et pour lui. Ils formaient à présent une famille et il désirait plus que tout qu'elle s'agrandisse.

— Tu sais, il faut que je t'avoue quelque chose...

Elsa le regardait en souriant, un sentiment de plénitude éclairant son visage.

— D'abord, je ne veux pas que tu m'en veuilles... Si je ne te le dis que maintenant, c'était parce que je ne voulais pas que tu te fasses du souci. Pour me guérir, il n'y a qu'une seule solution... C'est une greffe. Je ne voulais pas t'en parler, mais quand ...

— La cardiologie est le domaine où il y a eu le plus de découvertes fondamentales et les médecins y font des miracles...

Antoine regardait Elsa stupéfait. Elle ne pleurait pas, elle avait l'air plutôt sereine. Peut-être étaient-ce les hormones de l'accouchement qui imprégnaient encore son hypophyse ? Il ne savait pas quoi dire.

— Viens Mon Ange, allons voir ta Maman...

Il s'assit sur le lit et posa Ange dans les bras d'Elsa qui ne tarda pas à lui donner le sein. Antoine se posait des tas de questions. Il se demandait si le cardiologue avait parlé à Elsa d'une éventuelle greffe, si une infirmière avait abordé la question un jour qu'elle était venue le voir et qu'il dormait. Elsa n'avait vraiment pas été surprise, elle était donc au courant. Kleiber ? Non, Kleiber ne l'avait jamais trahi, ça ne pouvait être lui qui avait vendu la mèche.

En réalité, Elsa avait compris que son mari devrait être greffé car elle avait reçu à leur domicile des dépliants expliquant la greffe d'organes, il y avait même un numéro de téléphone qu'elle avait appelé. Elle avait trouvé une dame au bout du fil qui lui avait expliqué comment elle avait adhéré à la FFAGCP, la Fédération Française des Associations de Greffés du Cœur et des Poumons. Elle avait une vie simple mais très heureuse. Un mari, des enfants, des amis, un travail, une maison principale, une maison secondaire sur la côte bretonne, tout pour être heureuse. Elle prit conscience de la fragilité de la vie un matin quand son téléphone sonna à 9h10. Son mari venait d'avoir un accident de circulation et on lui demandait de se rendre à l'hôpital. Là, elle fut accueillie par un médecin qui lui expliqua que le coup avait été d'une telle violence que son mari ne serait plus jamais comme avant. Il était en état de mort cérébrale et ne se réveillerait jamais. Il était maintenu en vie artificiellement par des machines sans lesquelles il n'était qu'un corps que le souffle de la Vie avait déserté. Parallèlement, il lui avait parlé du chagrin de sept familles que Bernard pouvait leur ôter.

La réaction d'Anne-Lise avait été de refuser car elle était en colère et elle aurait mille fois préféré que quelqu'un d'autre meure à la place de son Bernard. Puis, après réflexion, elle revint dire au Docteur que son mari était quelqu'un de très généreux et que si lui avait été en attente d'une greffe, elle n'aurait jamais assez remercié les familles du donneur. Donc, elle accepta que Bernard continue à vivre à travers chacune de ses personnes et cela soulagea un peu sa peine. Il avait quitté les siens mais il avait permis à d'autres de conserver auprès d'eux ce qu'ils aimaient plus que tout. Cette discussion avait beaucoup aidé Elsa. S'il y avait une chance pour qu'Antoine reste en vie, il fallait la saisir et elle serait forte pour lui et leur enfant.

* * *

Quarante-huit heures plus tard, tous les trois étaient rentrés à la maison. Antoine était le plus heureux des pères et son passe-temps favori était à présent de scruter Ange. Il le regardait dormir, il le regardait téter, il le regardait prendre son bain. Chaque jour était une découverte, des sourires aux gazouillis, il n'en loupait pas une miette ! Il ne les abandonnait que pour aller à ses rendez-vous médicaux. Pour l'instant, les résultats étaient constants mais Antoine sentait une légère baisse. Il ne pouvait plus arriver à la fontaine qui se trouvait au bout de la grande allée centrale du parc à côté de la maison. Chaque jour, ils allaient promener Ange au parc, et chaque jour, « les quatre parties du Monde »[1] semblaient de plus en plus lointaines.

Chaque jour, les jambes d'Antoine pesaient de plus en plus lourd, chaque jour, la moindre respiration lui demandait un effort de plus en plus surhumain, chaque jour, le regard qu'Elsa posait sur lui

---

[1] *« Les quatre parties du Monde » est le nom d'une fontaine situé dans le jardin Marco Polo à Paris.*

changeait. Il n'était plus plein d'amour comme avant, ses yeux ne brillaient plus de bonheur, non, ses yeux étaient pleins de crainte, elle avait peur, peur de perdre son mari et le père de son fils. Peur de se retrouver seule.

Souvent, elle se demandait comment elle ferait si la Vie lui prenait Antoine, il faudrait qu'elle soit forte pour Ange, il faudrait qu'elle continue à être une maman et qu'elle apprenne à devenir aussi un papa, mais est-ce qu'une maman peut être aussi un papa ? S'il faut être deux pour faire un enfant, il faut être également deux pour l'éduquer…

Ces questions taraudaient Elsa qui n'osait en parler à personne. C'est vrai, qu'auraient dit les gens ? Son mari attend d'être greffé du cœur et elle ne pense qu'à elle, elle ne pense qu'à ce qu'elle fera si elle se retrouve seule. Et puis, il fallait qu'elle soit positive… Tout irait bien, tout se passerait bien et ils seraient bientôt très heureux, comme avant avec un merveilleux bébé en plus…

Antoine savait tout cela. Il s'en voulait tellement. C'était à cause de lui que le regard d'Elsa avait perdu ses étincelles. Il voulait l'aider mais il ne pouvait rien, il était impuissant. Il lui était arrivé de penser au suicide se disant qu'au moins, Elsa rencontrerait un homme qui s'occuperait d'elle et d'Ange mais cette idée s'évanouissait aussi vite qu'elle était venue à son esprit. Il voulait vivre ! Il voulait voir son fils devenir un homme !

Puis ce qui était également difficile à vivre était de devoir attendre que quelqu'un ait « un tracé plat » pour pouvoir récupérer son cœur. Qui pouvait être aussi froid et insensible pour souhaiter que quelqu'un perde la vie pour pouvoir continuer à vivre la sienne ? L'approche de la mort nous rendrait-elle si déterminé que notre vraie nature se mettrait en veille derrière ce désir de vivre plus fort que tout ?

« Pourtant, contrairement à ce que l'on pourrait croire, l'attente d'un nouveau cœur n'était pas mon obsession. Mon intérêt premier était de voir Ange grandir un peu plus chaque jour… Le voir sourire, sucer son pouce, le voir nous reconnaître, le voir se retourner vers nous quand nous l'appelions…

J'étais comme n'importe quel jeune parent s'extasiant devant leur miniature, mais chez moi, ce désir était amplifié car parfois, il m'arrivait de me dire que c'était peut-être la dernière fois.

Bien entendu, la Grande Faucheuse peut venir prendre chacun d'entre nous n'importe quand mais dans ma situation, j'y pensais plus que quiconque. Je ne faisais pas un compte à rebours mais j'y pensais quand même, à chaque instant de bonheur précieux.

Je suis convaincu que dans la vie, rien n'arrive par hasard. Je suis convaincu que le fait de devoir vivre cette épreuve en étant père n'était pas arrivé par hasard. Je ne sais pas si j'aurais pu être aussi fort si je n'avais pas eu mon petit Ange. Avant de devenir parents, nous avons une certaine insouciance et dès que nous devenons parents, nous sommes responsables d'un autre être que nous, nous devons le protéger, mais aussi lui prendre la main et l'accompagner sur le long chemin de la vie pour, au bon moment, lâcher cette main pour le laisser aller librement construire son propre monde.

Cela faisait maintenant quatre-vingt-treize jours que nous savions qu'il fallait que je sois greffé. Durant tous ces jours, nous passions d'un sentiment à l'autre comme si ces derniers fussent des montagnes représentant chacune un monde ; l'inquiétude, la peur, l'angoisse, la culpabilité, la colère, l'envie. Car l'envie de vivre était plus forte que tout, si bien que chaque voyage se terminait toujours par la montagne de l'envie de vivre, l'envie de voir mon petit Ange grandir, l'envie de le voir marcher, courir, faire du vélo.

— Si vous voulez, nous pouvons faire une pause, je ne veux pas, enfin, si c'est personnel, vous n'êtes pas obligé de m'en parler.

Antoine esquissa un sourire.

— Non, vous raconter tout ça me fait beaucoup de bien. Je n'avais jamais ressenti le besoin d'en parler mais ça va, tout va bien… On peut continuer !

Amandine avait rencontré Antoine car elle écrivait un roman dont le héros avait été greffé du cœur et elle avait tenu à ce que son récit soit fidèle à la réalité. Ces entretiens étaient des instants de partage, de dévoilement dénué de tout jugement, de sincérité et cela était très important.

« Donc, ça faisait quatre-vingt-treize jours que nous savions qu'il allait falloir que je sois greffé. Nous n'en avions pas parlé à grand monde, seulement les proches. Je ne voulais pas inquiéter notre entourage et surtout, je ne voulais pas que leur regard change lorsqu'ils me regardaient. Vous savez, quand on va voir quelqu'un que l'on sait malade, notre regard se charge de compassion, de tristesse et ce, malgré nous, et moi, je ne voulais pas ça. Moi, je voulais continuer à voir mes amis comme avant, à rire avec eux, à parler de marathons, de vélo, de tout sauf de mon état de santé. C'était l'été et nous devions partir quelques jours de la maison tous les trois, Ange grandissait vite et chaque fois que je lui donnais son biberon, j'étais envahi de joie mais aussi de peur, peur de ne plus le revoir. Heureusement, il suffisait qu'il me sourie en laissant s'échapper un peu de lait de sa bouche pour que j'oublie toutes ces idées négatives… Il était hors de question cette année de partir trop loin, nous devions rester à deux heures de Paris au cas où…

Nous avions décidé de partir à Villers-Cotterêts où les parents de Kleiber avaient une maison, nous devions y passer une semaine tous les trois et le weekend, Kleiber et Louis accompagnés de leur famille devaient nous rejoindre.

Kleiber était venu nous aider à préparer les bagages et remplir la voiture quand le téléphone sonna. Elsa alla répondre et c'est bizarre mais à l'instant où j'ai entendu la sonnerie, je savais que c'était ça, je savais que c'était mon cœur.

J'attendis qu'Elsa raccroche. J'entendais ses pas approcher et je la vis entrer, le visage blême… »

— Ça y est ! Ça y est ! Il faut y aller…

A cet instant, Kleiber entra et nous vit livides.

— Qu'est-ce qu'il y a ? Il y a un souci ?

Elsa sortit de la pièce pour aller dans la chambre.

Je demandai à Kleiber de s'asseoir à mes côtés…

— Ça y est ! Je vais peut-être avoir un cœur, ils viennent de téléphoner…

— C'est vrai ? Il me serra dans ses bras… J'appelle Inga, on va s'occuper d'Ange.

Il me sourit et partit rejoindre Elsa dans la chambre qui avait sorti mon sac tout prêt pour l'hospitalisation. Ce sac avait fait l'objet de nombreuses plaisanteries car quand nous l'avions préparé, nous avions repensé à la valise pour la maternité, cela nous ramenait des mois en arrière, des mois où tout allait bien…

— Qu'est-ce que vous avez ressenti à ce moment-là ?

— A ce moment-là, j'ai ressenti de l'angoisse, j'avais peur de ne pas pouvoir être greffé. Si j'avais eu de la fièvre par exemple, je n'aurais pas pu bénéficier de ce cadeau si précieux. Puis de la peur, la peur de me dire que je pouvais ne pas me réveiller et de voir Ange et Elsa pour la dernière fois. Après avoir pensé à tout cela, je me suis dit que je languissais de me réveiller après la greffe, je voulais savoir que mon cœur ne risquait plus de s'arrêter, je languissais de pouvoir revivre à nouveau normalement. J'ai évidemment pensé à la famille du donneur mais vraiment, j'étais impatient que tout cela se termine. L'ambulance ne tarda pas à arriver et il était hors de question que nous emmenions Ange avec nous. Il était si petit. Nous ne voulions pas lui imposer ça.

Je serrai ce tout petit être contre moi et j'écoutai son cœur qui battait comme un métronome. J'avais envie de le serrer si fort… J'avais tellement peur de ne plus jamais sentir son odeur… Je savais qu'il fallait que je reste positif pourtant, je ne pus retenir mes larmes quand Elsa prit mon Ange.

Je savais que c'était à moi de veiller sur lui pourtant, j'implorais ce petit être de veiller sur sa maman et de continuer à la faire rire et sourire quoi qu'il arrive.

Elsa le serra fort contre elle et alla l'attacher dans le siège auto. Kleiber s'approcha et il était si troublé qu'aucun son ne pût sortir de sa bouche. Il me serra fort dans ses bras et me fit signe que tout irait bien de la tête. J'en fis de même, les yeux débordants de larmes. Puis il se dirigea vers la voiture, serra Elsa dans ses bras et partit. Nous regardâmes la voiture s'éloigner et après avoir fermé la maison, nous prîmes place dans l'ambulance.

L'hôpital n'était pas très loin de l'endroit où nous habitions mais j'étais allongé et je ne pouvais pas voir la route. Vous savez, c'était un peu comme quand j'étais enfant et que je m'allongeais sur la banquette arrière. Au début, je pouvais dire à quel endroit du trajet nous en étions et au bout de quelques virages, je perdais le fil et je ne savais plus où nous étions… Alors, je m'efforçais de me concentrer pour deviner où l'on se trouvait et pourtant, quand mon père serrait le frein à main, j'étais à chaque fois surpris que le trajet eût été si court. Vous savez, c'est bizarre, comme quand on n'a pas de montre et qu'au bout de quelques heures, nous perdons la perception du temps. Là, c'était pareil, je serrais la main d'Elsa. Je voulais la rassurer, j'aurais voulu lui ôter son inquiétude mais j'en étais incapable. J'évoluais en terrain inconnu, je ne savais pas ce qui allait se passer, je ne trouvais rien pour la rassurer. Je ne savais pas quoi lui dire, je ne pouvais pas lui dire que tout irait bien, je ne le savais pas, je l'espérais mais je ne pouvais en être sûr.

Le frein à main se fit entendre. Nous étions arrivés à l'hôpital.

Une infirmière nous a conduits dans une chambre. Elle m'avertit qu'après la greffe, à mon réveil, je ne serai pas dans cette chambre mais en unité de soins intensifs.

Les derniers instants passés avec Elsa furent intenses.

— Ça va bien se passer.

Je la regardais en souriant. Elle se blottit dans mes bras. Je savais qu'elle avait peur, moi aussi j'avais peur mais maintenant, nous étions là et il fallait avancer, il fallait se charger d'énergie positive, il fallait avoir cette greffe. Le professeur est venu nous voir et m'a dit que nous nous reverrions bientôt, qu'il ne fallait pas que je m'inquiète et que tout se passerait bien.

— Vous avez pensé à un certain moment que vous pourriez ne pas vous réveiller ?

Antoine regarda Amandine avec un sourire.

— Depuis le premier infarctus, des milliers de fois. Mais pas avant d'être opéré, ce jour-là, dans cette chambre, en tenant la main d'Elsa, je me suis dit que c'était un précieux cadeau et que j'avais énormément de chance qu'on me l'offre. Au fond de moi, je savais que tout se passerait bien.

— Vous n'avez pas voulu connaître des renseignements concernant votre donneur ?

— Déjà, c'est interdit, donc, même si j'avais voulu savoir quelque chose, je n'aurais pas eu de réponses. Je pensais surtout à sa famille et à la générosité qu'il devait avoir pour permettre à d'autres personnes de continuer à vivre alors que lui avait quitté ce monde et tous ceux qui lui étaient chers. D'ailleurs, chaque année, à la même date, je pense aux siens qui doivent penser à lui et au vide qu'ils ont dans leur vie depuis ce jour-là et moi, je regarde tous ceux qui m'entourent et je me dis que grâce à lui, je peux être là et vivre.

Donc, nous nous sommes pris dans les bras l'un de l'autre avec Elsa et j'allais quitter la chambre quand Louis surgit dans le couloir à grandes enjambées.

— J'avais peur d'arriver trop tard. Je suis venu dès que j'ai su. Alors, ça y est ? On va te mettre un cœur tout neuf ?

— Neuf, non ! Mais en meilleur état que le mien, oui !

Nous nous mîmes à rire. Louis m'embrassa et comme Elsa s'était un peu éloignée pour nous laisser tranquilles, je lui murmurai à l'oreille de s'occuper d'elle et du bébé au cas où. Louis m'a regardé et a hoché la tête. Voilà, je pouvais partir changer mon cœur tranquille.

J'ai embrassé Elsa une dernière fois, je lui ai dit que je l'aimais très fort et le brancardier m'a emmené. Plus je m'approchais du bloc opératoire, plus le couloir devenait froid. Je regardais les néons défiler au-dessus de ma tête qui ont bientôt laisser la place au visage de l'anesthésiste. »

« Trente-six heures plus tard, je me suis réveillé, ou plutôt devrais-je dire « on a fait que je me réveille en diminuant la sédation ». Je regardai autour de moi. Mes paupières étaient lourdes. Je m'efforçai de garder les yeux ouverts et je vis un homme en face de moi allongé sur un lit, relié à des machines, de nombreuses machines.

Je compris rapidement que c'était mon reflet dans la vitre derrière laquelle les infirmières veillaient sur moi nuit et jour. Puis, une infirmière est venue me voir habillée en cosmonaute, elle m'a retiré le tube qui était dans ma gorge et m'a dit que la transplantation cardiaque s'était bien passée. Malgré ma grande fatigue, je me suis senti extrêmement soulagé.

— Et quand vous avez senti ce cœur battre pour la première fois dans votre poitrine ?

— C'était magique ! Je posais la main sur ma poitrine et j'essayais de dompter ce nouveau venu, je m'efforçais de prendre son contrôle.

— Vous étiez sauvé ?

— « Sauvé », je ne sais pas, mais j'étais là, j'étais vivant. Je suis resté treize jours en réanimation. Progressivement, j'ai recommencé à boire et à manger. Au début, j'étais très fatigué, je ne m'en rendais pas trop compte mais je dormais énormément, puis, petit à petit, ça allait mieux. Ensuite, on m'a retiré les drains qui transperçaient mon corps. Chaque jour, j'étais un peu moins fatigué.

— Vous aviez des visites ?

— Non, en réa, seul le conjoint peut venir. Elsa est venue au bout du dixième jour.

Ça peut paraître long mais quand on est en réanimation, on est coupé du monde, on n'a plus de repères temporels. La journée est rythmée par les gardes du personnel soignant qui est extraordinaire, sans cesse à l'écoute, toujours présents. Le plus difficile, c'est la nuit. Il n'y a aucun bruit… Je tendais l'oreille pour entendre un murmure, un bruit, mais rien ! Le silence total ! Le seul bruit qu'on entend est le « Bip Bip » des machines auxquelles j'étais relié par des fils. Dès que je bougeais un peu, ça sonnait, il me fallait arranger les fils et essayer de me rendormir.

Donc, Elsa est venue au bout du dixième jour, elle avait revêtu la tenue stérile avec le masque, les gants. Quand elle ne pouvait pas venir, l'infirmière me faisait passer le combiné du téléphone après l'avoir glissé dans un sachet plastique pour qu'il soit « stérile ». Mais j'avais une visite quotidienne en plus des infirmières et des médecins, c'était celle de Vincent, le kiné. Il me faisait faire des exercices pour éviter que les muscles ne « fondent » pas trop. Ce n'était pas du sport de haut niveau mais ces exercices, parfois juste décoller la jambe du drap blanc étaient importants… Ils m'aidaient à prendre confiance en ce nouveau cœur. Au fil des jours, je m'habituais à mon nouveau cœur, à ses nouveaux battements que je pouvais suivre dans la vitre. Dès que je voyais qu'il s'emballait un peu trop, je tachais de me calmer pour le faire ralentir et la sensation de le maîtriser était une victoire. Cela me faisait me sentir maître de mon corps et de ce cœur.

— Vous vous souvenez quand il est devenu votre, ce cœur ? »

Antoine répondit spontanément : « En réalité, il ne le sera jamais médicalement parlant, puisque sans les anti-rejets, mon corps le rejetterait… Mais sur le plan personnel, immédiatement ! A partir du moment où on se réveille, à partir du moment où on le sent battre dans sa poitrine, il est à nous, cela s'offre comme une évidence… Mais à dire vrai, je ne me suis jamais réellement posé la question… »

Antoine se plongea dans sa réflexion. Amandine respecta cela, faisant mine de chercher dans son sac à mains un objet, un mouchoir, la moindre chose qui aurait pu expliquer son silence qui attendait une réponse peut-être plus précise…

Il la regarda en souriant… « Peut-être qu'il ne m'appartient pas encore d'ailleurs… »

Ils se mirent à rire.

— D'accord ! C'est vrai que ma question est particulière ! Mais je me suis toujours demandé comment on pouvait recommencer à vivre avec un morceau d'une autre personne.

— Oui ! je comprends ce que vous voulez dire mais je l'ai apprivoisé et il fait partie de moi à présent.

Ils rirent de cette question si fantasque, si difficile et empreinte pourtant d'une immense évidence…

— Et quand vous êtes retourné en chambre ?

— Quand on quitte la réa pour le service de cardiologie, on a la sensation qu'on a fait un grand pas… Et d'ailleurs, des pas, on en fait chaque jour un peu plus. Habillé en cosmonaute, on arpente le couloir du service chaque jour un peu plus. Là, j'ai eu la visite de Louis, de Kleiber et surtout de mon petit Ange avec ma tendre Elsa. J'étais si heureux de le voir. Il avait tellement grandi ! Il riait à présent, il était une ode à la vie.

— Vous pensez que vous auriez vécu cela si vous n'aviez pas eu votre petit Ange ?

— Je crois que quand on est confrontés à la Mort, on fait tout pour garder la Vie… Mais c'est vrai qu'Ange était une motivation supplémentaire. Même pour Elsa, il décuplait son courage, il la rendait plus forte… Pour lui, elle n'avait pas le droit de se laisser aller, il fallait qu'elle soit forte et même si nos amis ont été là pour nous, elle a autant de mérite que moi.

Moi, j'avais la souffrance physique et psychologique bien entendu mais elle avait le poids sur ses épaules de tout gérer. Quand je suis rentré à la maison, les douze mois qui ont suivi ont été très éprouvants. D'abord, il faut se protéger de toutes ces choses qu'on ne voit pas. Les virus, les microbes, les bactéries peuvent se révéler extrêmement dangereuses pour nous, jeunes greffés.

Avant que je sorte de l'hôpital, Elsa avait vu la nutritionniste qui lui avait indiqué le protocole à mettre en place pour mon retour à la maison. Il allait falloir que toutes les personnes qui rentreraient chez moi mettent un masque canard, que l'hygiène du frigo soit parfaite ; il fallait déposer des feuilles d'essuie-tout sur les étagères du frigo et nettoyer chaque aliment avant de l'y rentrer. Ces exercices étaient redoutés par Elsa car elle avait peur de mal faire quelque chose.

— Et quand vous êtes rentré à la maison ?

— J'étais le plus heureux des hommes ! J'étais encore très fatigué, bien entendu, mais j'étais content de retrouver mon sofa, mon lit, mes proches, même dissimulés derrière leur masque canard !

— Vous avez repris la même vie qu'avant ?

— Pas tout à fait. On vit mais avec quelques contraintes. D'abord, l'obligation de prendre le traitement anti-rejets à heures fixes. On peut dépasser de quelques minutes pour le prendre mais, pas trop quand même…

— Du coup, ça vous donne l'impression d'être un peu moins maître de votre vie ?

— « Maître de ma vie », non, mais des fois, histoire de reprendre un peu le contrôle, j'attends quelques minutes !

Antoine esquisse un sourire.

— En tous cas, quand on vous voit là comme ça, vous êtes serein, heureux de vivre…

— Oui, pourquoi je ne serai pas serein ? La Vie est belle, je suis là… J'ai reçu un merveilleux cadeau, le meilleur… Celui qui m'a permis de rester en vie.

— C'est vrai que parfois, on s'inquiète pour des choses insignifiantes, on se rend malade alors qu'en réalité, ce qui est important, c'est la vie…

— Oui, vous avez raison Amandine, c'est de vivre le plus important… de vivre sans souffrir, bien entendu !

— Ça a changé votre vision de la Vie ?

— Ça a changé ma vie surtout ! Avant, je prenais la vie comme elle venait, je ne me posais pas de questions, je vivais, heureux, savourant chaque instant, ne pensant presque jamais à la grande faucheuse. Aujourd'hui, c'est différent, j'ai conscience que n'importe qui peut partir n'importe quand. Je le savais avant, ce n'est pas ce que je veux dire, mais maintenant, c'est un peu plus concret… Vous savez Amandine, ce qui m'énerve le plus, ce sont les gens qui m'ont dit après la greffe que j'allais maintenant pouvoir en profiter. Moi, je ne voulais pas une nouvelle ou une autre vie, moi, je voulais simplement continuer la mienne et ce merveilleux cadeau m'a permis d'avoir un second souffle.

— Pourquoi avez-vous accepté Antoine de répondre à mes questions pour l'élaboration de ce livre ?

— Parce que j'aime échanger ! J'aime discuter et je dois vous avouer que ça m'a fait beaucoup de bien de vous raconter tout ça, ça a levé des verrous qui étaient bien cadenassés au fond de moi, ça m'a permis de discuter avec mes proches de tout ce qui m'est arrivé, de mon expérience que j'avais tendance à ne pas vouloir partager. Ne me demandez pas pourquoi, je ne le sais pas moi-même !

Amandine partit dans un éclat de rire.

— Je peux vous demander quelque chose ?

Amandine fit oui de la tête…

— Pourquoi la greffe d'organes ? Pourquoi un sujet si difficile ?

— Je ne sais pas… J'ai toujours été fascinée par le fait de pouvoir vivre avec un morceau de quelqu'un d'autre à l'intérieur de nous… Est-ce qu'à force, cet organe finit par devenir notre ? Est-ce qu'on le considère comme un prêt qui nous offre le plus merveilleux des cadeaux ?

— Il nous permet de rester en vie ! Mais il ne se passe jamais trop de temps sans que je ne pense à la famille du donneur… Elle a tout perdu, un père, un mari, un frère, un ami et ils ont eu ce geste de permettre à d'autres personnes de continuer à faire, à voir, à vivre ce que leur tant aimé venait de perdre. C'est merveilleux !

Des larmes emplirent les yeux d'Amandine.

— Ce n'est pas la seule raison hein…

Elle fit non de la tête.

— Vous avez perdu quelqu'un ?

Les yeux toujours baissés, elle fit signe que oui.

— Votre papa ? Votre compagnon ?

Amandine resta figée dans un silence pesant. Antoine se leva et la prit dans ses bras.

Elle le regarda et lui sourit.

— Mon frère quand j'avais quatorze ans.
— Et vos parents ont donné ses organes ?
— Oui.
— Et vous n'étiez pas d'accord ?
— Non.
— Et aujourd'hui, notre rencontre vous a fait changer d'avis, c'est ça ?

— Oui, bien sûr que oui ! Pendant des années, je m'étais imaginée que ces gens à qui mes parents avaient permis de continuer à vivre avec les organes de mon frère me l'avaient volé. En grandissant, je me suis rendue compte que même si mes parents n'avaient pas donné ses organes, il n'aurait pas été là non plus. Du coup, la colère que j'avais envers ces personnes s'est évaporée et depuis que je vous connais, je suis intimement convaincue qu'ils ont bien fait et qu'ils ne pouvaient faire de plus merveilleux cadeaux à toutes ces personnes et à Alexis lui-même.

Antoine regardait Amandine démuni.

— C'est moi qui viens pour vous interroger et c'est vous qui me réconfortez ! Je suis désolée !
— Mais non ! Au contraire, nous échangeons et c'est bien ça le principal objectif de la Vie ! A quoi bon vivre si on ne peut échanger, à quoi bon vivre sans les autres ?
— Vous avez tout à fait raison ! En tous cas, je vous remercie du temps que vous m'avez accordé, je vous remercie de m'avoir ouvert votre cœur, -si je puis dire- car vous êtes une belle rencontre !
— Je vous remercie également, Amandine. Grâce à vous, j'ai allégé mon cœur et ça m'a permis de me libérer d'un certain poids aussi. J'espère que votre livre rencontrera un succès…
— Oui, merci. Je viendrai vous apporter le premier exemplaire tiré.

Ils se levèrent, se saluèrent et se promirent de rester en contact.

Ce matin-là était un matin comme Antoine les adorait. Le ciel n'était entaché par aucun nuage, les oiseaux chantaient, l'air était frais mais déjà, la chaleur du soleil laissait présager une après-midi très estivale.

Le parvis de l'église était plein d'âmes. Des amis, de la famille, des cousins pas vus depuis des années qui discutaient, qui se remémoraient quelques anecdotes communes, mais tous étaient là, tous avaient fait le trajet pour être présent à l'Eglise Saint Sulpice ce samedi 17 juin à 11h00. Certains discutaient, certains souriaient, il semblait que c'était un jour comme les autres même si chaque jour est unique, et qu'aucune journée ne se déroule exactement de la même manière.

Dans l'église, Kleiber et Louis qui exhibaient une magnifique rose blanche à leur boutonnière mettaient en place les derniers bouquets ainsi que les derniers programmes qui affichaient sur la première page une photo d'Antoine et d'Elsa plus jeunes tenant un magnifique bébé dans leurs bras.

La fraîcheur retenue dans les épais murs était agréable. Au milieu des odeurs de renfermé, de moisi et de cire, flottaient des effluves de lys et de glaïeuls. Bientôt, tous les bancs seront remplis par des personnes qui ont occupé une place importante dans la vie d'Antoine et d'Elsa.

Soudain, le Père Maxime apparut sur le perron et invita toute l'assemblée à entrer dans l'église où résonnait l'Ave Maria de Gounod.

Elsa sortit d'une voiture, son visage portait le poids de toutes ces années passées, des années joyeuses, heureuses mais éprouvantes surtout. Elle se dirigea vers le portail de l'église où elle entra fébrile et tremblante au bras d'un jeune homme de vingt-huit ans, grand, blond aux yeux verts qui la soutenait avec force et amour, à l'image de toutes ces années passées où il avait été son moteur pour qui elle avait trouvé la force, au plus profond de ses entrailles, de continuer à vivre malgré tout.

Ange était un homme à présent.

« Comme il ressemble à son père… », « Qu'il est beau ! », « On dirait Antoine au même âge ! » disaient les murmures qui résonnaient dans la maison de Dieu.

Le fils et la mère prirent place au premier rang. Pour eux, cette journée était particulière.

Soudain, l'immense porte de bois s'ouvrit et toute l'assemblée se leva pour se tourner vers elle.

Aujourd'hui, un père ému, aguerri, donnait le bras à sa fille de vingt-six ans pour la conduire devant l'autel au rythme de La Marche des fiançailles de Wagner. Elle était magnifique, une robe champagne, de longs cheveux remontés en un majestueux chignon, un bouquet de magnolias et le même regard chargé d'amour et de respect qu'elle adressait à son père depuis sa naissance.

Antoine, ému, fier, souriait à tous les convives qui le regardaient avancer. Il s'attardait sur certains, content de les retrouver, fier de sa petite fille qui allait se marier à un homme qui, il en était certain, saurait la rendre heureuse. Cela lui rappelait son propre mariage, quand il avait vu Elsa entrer dans l'église au bras de son père, la première fois qu'il l'avait découverte dans sa robe de mariée, la première fois qu'elle lui avait annoncé qu'ils allaient devenir parents. Toutes ces épreuves endurées ensemble avec cet amour sincère et plus fort que tout qui leur avait permis de tout affronter et qui s'était révélé chaque fois plus fort et plus profond une fois l'épreuve passée.

Même si la vie avait pu se montrer capricieuse et pleine de rebondissements, ce sentiment ne les avait jamais quittés.

Arrivé devant l'autel, Antoine lâcha le bras de sa fille, lui murmura quelques mots à l'oreille et alla s'asseoir à côté d'Elsa qui lui serra la main encore plus fort que pendant toutes ces années partagées.

Sentant une main se poser sur son épaule, Antoine sans même avoir le besoin de la regarder, savait à qui elle appartenait… Cette main, toujours armée d'un stylo, lui avait permis de se libérer et au fil des pages noircies, elle était grâce à lui sortie de l'obscurité.

Chères lectrices, Chers lecteurs,

En achetant ce livre, vous avez très certainement remarqué sur la couverture que la somme de 2 € est reversée à **la Fondation Recherche Cardio-Vasculaire Institut de France** qui a été créée en 2001 par Madame Danièle Hermann, qui fut opérée à deux reprises à cœur ouvert par le Professeur Alain Carpentier, **la Fondation Recherche Cardio-Vasculaire-Institut de France** est née de l'initiative d'une patiente.

La Fondation Recherche Cardio-Vasculaire-Institut de France a pour vocation de donner concrètement aux équipes de cardiologie française les moyens de mener des projets de recherche ambitieux sur les maladies cardio-vasculaires des hommes et des femmes, mieux connaître les risques spécifiques, faciliter les diagnostics et la prise en charge chirurgicale et thérapeutique.

La Fondation est soutenue par **deux conseils scientifiques** au sein desquels figurent des personnalités scientifiques françaises de renommée internationale.

Pour de plus amples informations et si vous souhaitez soutenir par vos dons les projets de recherche de la Fondation Recherche Cardio-Vasculaire-Institut de France, connectez-vous sur le site de la Fondation

http://www.fondation-recherche-cardio-vasculaire.org

ou sur celui de l'Institut de France

http://www.institut-de-france.fr/fr/prix-fondations/fondation-recherche-cardio-vasculaire

Je me sens également très proche d'une autre association qui a été créée en 1987 par le Professeur Thevenet. Il s'agit de **l'Association Languedocœur** qui a pour objectif de favoriser et faciliter les rencontres entre les greffés afin de développer une entraide pour le greffé et sa famille, de parrainer les futurs greffés, de promouvoir la convivialité en organisant des repas, des balades, des activités sportives.

Ils accordent une grande importance à témoigner de leur vécu auprès des Associations militant pour les dons d'organes. Cette association est rattachée à **la Fédération Nationale des Associations de Greffés du Cœur et des Poumons.**

Pourquoi ces deux associations ?

L'association Languedocœur car tout simplement le don d'organes sauve des milliers de vies chaque année et qu'elle accompagne les personnes greffées à jouir de l'inestimable cadeau qui leur permet d'être présent auprès des leurs.

La Fondation Recherche Cardio-Vasculaire Institut de France car il y a malheureusement trop de cœurs malades que l'on ne peut pas soigner avec des greffes mais, qui, grâce au savoir et à la pugnacité des chercheurs ainsi qu'à vos dons pourront être bientôt être guéris…

Ailleurs…

Chacun de nous a été victime au moins une fois d'un coup de foudre… mais si, réfléchissez bien ! Quand on rencontre une personne et qu'on se dit :

— Tiens, ça pourrait être elle…

Voyez ! Vous voyez de quoi je parle…

Si certains se jettent à l'eau, vivant pleinement chaque nouvelle expérience qui s'offre à eux, d'autres, restent sur la réserve et regardent ce feu ardent s'éloigner.

Ornella a été dans cette situation…

Ce soir-là, elle était invitée chez sa meilleure amie pour dîner. Elle allait enfin rencontrer le cousin génial… Celui dont elle avait entendu parler depuis des mois… Marrant, plutôt beau gosse, intelligent, cultivé, bref, le prince charmant…

— Mais s'il est vraiment parfait, pourquoi est-il célibataire ton cousin ?

— Tu es tellement terre à terre… C'est parce qu'il n'a pas encore rencontré la bonne personne, c'est tout… »

Ornella n'avait pas encore appuyé sur la sonnette que Julia lui ouvrait la porte…

— Bonsoir… Tout va bien ?

— Oui, et toi ?
— Oui, viens vite que je te présente…

Ornella entra dans la pièce, tirée par Julia.
— Brice, je te présente mon amie Ornella…
— Enchanté, je vous fais la bise…
— Je vous laisse faire connaissance, je vais chercher d'autre champagne…

Ornella se sentait gênée, elle le regardait en souriant…

— Je suis éditeur et vous ?
— Je suis cancérologue.
— Ah… Waouh… Vous avez du mérite, ça ne doit pas être facile d'essayer de soigner des malades en vain…

Ornella esquissa un sourire…

— Excusez-moi un instant, je reviens.

Elle alla rejoindre Julia dans la cuisine.

— Ton cousin est un gros con !
— Oui, il peut l'être aussi ! Je ne te l'avais pas dit ?

Les deux amies se mirent à rire.

On frappa à la porte.

— Ça ne te dérange pas d'aller ouvrir s'il te plaît ?

— Bonsoir, je suis Ornella, une amie de Julia, entrez !

— Enchanté, Grégoire.

— Grégoire ! Comment vas-tu ? Viens, il faut que je te présente…

Ornella se mêla aux invités. Mais chaque fois qu'elle relevait les yeux, ils se posaient sur Grégoire. Il était assez grand, les cheveux grisonnants, les yeux immensément verts, des mains virilement fines, un nez majestueusement bourbonien.

Elle s'efforçait de diriger son regard dans une autre direction mais elle ne pouvait le faire. Une force indépendante de sa volonté la poussait à le regarder, il l'attirait, il la subjuguait.

Ressentait-il cela à son égard ? Elle ne le savait pas encore. Elle avala d'une traite le contenu de son verre et se dirigea vers lui.

Ils discutèrent longuement de leur métier respectif, de la Thaïlande où Ornella avait exercé et où Grégoire était allé plusieurs fois en missions humanitaires, des choses de la vie qui nous permettent de mieux découvrir une nouvelle connaissance.

A la fin de la soirée, ils étaient si complices que n'importe qui aurait parié qu'ils étaient un couple ou en passe de le devenir.

— J'ai passé une merveilleuse soirée. J'espère que l'on se reverra bientôt…

— Oui, pareil pour moi.

Ils se firent la bise qu'Ornella avait trouvé passionnée et se quittèrent avec ce goût amèrement doux. Chacun avait été une belle rencontre dont ils n'avaient aucune envie de se séparer, pourtant, ils se séparèrent.

Les jours suivants, les pensées d'Ornella étaient habitées par Grégoire. Elle se demandait ce qu'il aurait pu se passer si…

Mais c'était trop tard, elle ne le reverrait sans doute jamais et puis, elle devait se faire des idées… S'il avait ressenti la même chose à son égard, il l'aurait sans doute contactée et il ne l'avait pas fait, donc, l'affaire était réglée. Il fallait se ressaisir mais…

— Allo Julia ? Pourrais-tu me donner le numéro de téléphone de Grégoire s'il te plaît ?

— Le numéro de Grégoire ? Mais pourquoi faire ? Il ne te l'a pas donné à la soirée ? Vous étiez très proches pourtant…

— Pfff ! Pas du tout, qu'est-ce que tu vas encore imaginer ? J'ai retrouvé des photos de Thaïlande et j'aimerais les lui montrer, c'est tout.

— Je te l'envoie, Bisous ma Poulette !

Grégoire reçût le SMS suivant :

— king thong bai yok.

Il répondit :

— Branche en or, feuille en jade.

Ornella était ivre de joie. Ils étaient comme connectés. Ils avaient un passé différent et commun à la fois, c'était comme s'ils avaient vécu les mêmes évènements en n'étant pas ensemble. Cette sensation déstabilisait Ornella.

— Puis-je vous inviter à dîner ?
— Oui.
— Vendredi 20h00 au Suan Thai
— OK.

Les quarante-huit heures semblèrent une éternité à Ornella, elle languissait de le revoir, de lui parler…

Le repas se déroula dans une ambiance électrique… Ornella se sentait exister, il la faisait se transcender.

— Je te raccompagne ?
— Je suis garée au bout de la rue.

Les quelques mètres parcourus côte à côte avaient ramené Ornella des années auparavant, elle se laissait porter par l'insouciance, elle s'autorisait à vivre en tant que femme, elle était convaincue qu'il était son autre mais il y avait une ombre au tableau… Pourquoi l'avait-elle rencontré maintenant ? Pourquoi ne l'avait-elle pas rencontré quinze ans auparavant ? Tout aurait été tellement plus simple…

— C'est ma voiture…

Il passa ses bras autour de sa taille et avant qu'il l'embrasse…

— Je suis mariée, j'ai quatre enfants.
— Et ?
— Et…
— Ailleurs oui, mais là…

Grégoire déposa un léger baiser sur ses lèvres rougies et partit.

Ornella n'avait jamais ressenti autant d'intensité dans un baiser, il l'avait réveillée d'entre les morts, il était sa renaissance…

Arrivée en bas de chez elle, elle avait un SMS…

— Branche en or, feuille en jade… ça n'arrive qu'une fois…
— Qu'une fois.

Les âmes sœurs.

Constance était assise sur ce banc de bois qui lui écorchait les cuisses. Ce matin, elle avait insisté pour ne pas mettre cette robe orange dont le tissu lui irritait sa peau rousse légèrement teintée par le soleil durant les deux mois de vacances estivales. Pourtant, elle était assise seule sur ce banc dans sa robe orange qu'elle détestait. Les autres enfants ne la regardaient pas, elle était transparente.

— Bonjour ! Tu es nouvelle ?
— Bonjour ! Oui, je viens de Poitiers.
— Je m'appelle Léandre, et toi ?
— Moi, c'est Constance.
— Tu es en quelle classe ?
— Je rentre en CE2, et toi ?
— Moi aussi !

Constance regardait Léandre dans les yeux. Il était si gentil ! Il était le seul à oser venir lui parler, il se fichait de ce que les autres pourraient lui dire.

La cloche retentit. Ils se mirent dans le rang, entourés des autres élèves.

— Les enfants, je vous présente Constance, elle vient de Poitiers qui est une grande ville, très loin d'ici. Je vous demande d'être très gentils avec elle et de l'aider à s'habituer à notre petit village.

Constance alla s'asseoir à côté de Léandre.

Très rapidement, ils devinrent l'attraction des autres élèves qui claironnaient à qui voulait l'entendre qu'ils étaient amoureux, mais les deux enfants, s'en fichaient, ils ne rougissaient même pas aux remarques de leurs camarades.

Il faut dire qu'ils s'entendaient très bien, à eux deux, ils semblaient créer une personne parfaite.

Constance avait un grand frère, elle vivait dans une famille très soudée, leurs parents étaient très amoureux. La famille de Léandre n'était pas aussi parfaite à ses yeux. Ses parents s'étaient séparés quand il avait trois ans et il avait été tellement triste de ne plus voir son père qu'un week-end sur deux qu'il en avait beaucoup voulu à sa mère. Aussi, la famille de Constance lui semblait idéale.

Les années passèrent et leur relation se renforça. Chacun connaissait le moindre petit secret de l'autre et ensemble, ils avaient construit leur propre équilibre. Ils n'étaient pas amoureux l'un de l'autre, ils étaient bien plus que ça. Ils avaient besoin l'un de l'autre pour vivre et s'épanouir. Cependant, lors des premières amours adolescentes, il arrivait à Constance d'être jalouse des petites copines de Léandre pensant tout au fond de son cœur qu'elle ne le méritait pas. Mais, elle ne disait rien, elle était là pour son ami, toujours… Enfin, jusqu'à ce que son père soit muté en Bretagne. Il lui semblait que le ciel s'écroulait sur ses épaules, qu'allait-elle devenir sans son Léandre ? Oui, ils s'écriraient, ils se verraient pendant les vacances mais ce ne serait plus pareil, et malgré les assurances de sa mère lui disant que leur amitié allait se solidifier encore plus, ce que Constance redoutait finit par arriver. Au fil du temps, les lettres se firent de plus en plus rares, les coups de fil de plus en plus éloignés les uns des autres et puis, il arriva l'anniversaire des dix-huit ans qui ne fut orné d'aucune carte ni d'aucun coup de fil de Léandre. Constance lui en voulut longtemps. Avait-elle été amoureuse de lui et avait-elle espéré un jour vivre une grande histoire d'amour avec lui, comme ses parents peut-être ? Le tout était qu'elle avait dû continuer sa vie sans Léandre, elle avait dû réapprendre à devenir elle-même ; la petite Constance assise sur son banc de bois avec sa robe orange qui lui irritait la peau.

Les années passèrent, Constance était devenue une grande architecte, elle avait en charge la réalisation de plusieurs hôtels à Dubaï. Son frère était décédé quelques années auparavant d'un accident de moto, ce qui avait ravagé ses parents qui s'étaient donné la mort quelques mois plus tard. Il ne restait qu'elle. Aussi, quand on lui avait proposé d'aller travailler à l'autre bout du monde, elle avait rapidement saisi la proposition.

Quelques hommes partageaient son lit de temps en temps, mais aucun n'avait réussi à occuper son cœur. Elle se consacrait à son travail, elle vivait pour son travail.

Pourtant, un jour, alors qu'elle prenait sa douche, elle sentit une petite boule sous son sein gauche. Elle se dit qu'elle allait avoir les règles et ne s'en inquiéta pas, mais quelques semaines plus tard, la petite boule avait grossi et était maintenant de taille considérable.

Le verdict tomba quelques jours plus tard ; cancer du sein stade 1. Elle ne savait pas si elle devait s'inquiéter de ce diagnostic ou si elle devait se rassurer du stade 1. Ceci étant dit, il lui fallait rentrer en France pour se faire opérer. Dans l'avion qui la ramenait vers le pays où elle avait perdu chaque être qu'elle avait aimé, elle se surprit à regarder sa poitrine généreuse et à se demander comment allaient être ses décolletés sans un sein. Elle allait être horrible, déséquilibrée ! Plus aucun homme n'oserait la regarder ! Elle finirait sa vie seule, seule comme un chien que l'on adopte et que l'on abandonne sur une aire d'autoroute attaché à un arbre. Quand elle glissa la clé dans la serrure de la maison familiale, elle eut un haut le cœur, il lui semblait qu'elle allait encore être prisonnière de son passé, que les démons de la solitude allaient venir la hanter. Elle avait rendez-vous le lendemain avec le chirurgien qui allait lui expliquer en quoi consisterait la mastectomie.

Constance était arrivée en avance au cabinet du chirurgien. Elle regardait toutes ces femmes dans la salle d'attente. Certaines avaient l'air inquiet, d'autres l'air totalement perdu, mais elles avaient toutes une chose en commun ; c'était les grandes enveloppes qui contenaient les différentes coupes de leurs seins qui avaient été manipulés, écrasés sans ménagement pour être coupés quelques semaines plus tard. Les femmes qui étaient là étaient plus âgées qu'elle. Du haut de ses trente-six ans, elle faisait « tâche », d'ailleurs, c'est sans doute cela que les femmes murmuraient entre elles en la regardant. Elle remarqua qu'aucune n'avait de décolleté, elle seule avait osé déboutonner sa chemise laissant entrevoir la naissance de ses seins.

— Madame Leblanc ?

Constance se leva.

— Venez, le docteur va vous recevoir.

Constance prit place dans le grand bureau sur lequel trônait des photos d'enfants, elle se retourna et vit le paravent qui séparait la salle d'auscultation.

— Bonjour, Madame… Constance ? C'est toi ?
— Pardon, je vous connais ?
— Constance, c'est moi, tu ne me reconnais pas, Léandre !

Constance resta bouche bée. Elle ne savait pas quoi dire, elle avait tellement souffert de ne plus avoir de ses nouvelles et aujourd'hui, elle était si vulnérable ! Si elle avait su que c'était lui l'imminent médecin, elle ne serait pas venue le voir ! Elle n'avait pas besoin de lui et encore moins de sa pitié !

Elle se sentit soudain étouffée, écrasée. Léandre la serrait si fort dans ses bras.

— Je suis si content de te revoir ! Si tu savais comme tu m'as manqué !

Constance se dégagea.

— Si je t'avais manqué, tu m'aurais appelée ou écrit ! Et je te signale que si je suis ici, c'est parce que j'ai un cancer et si j'avais su que c'était toi le médecin, je serais allée chez un de tes confrères !

Léandre se recula.

— Constance, qu'est-ce qu'il t'arrive ?

— Bon, quel est le programme ?

Léandre saisit la grande enveloppe et sortit les documents un à un.

— Je peux t'ausculter ?

Constance se leva et alla se déshabiller derrière le paravent. Léandre prit une grande inspiration, se leva et se dirigea vers celle qui avait été le rayon de soleil de son enfance et qui serait sans doute devenue la mère de ses enfants si elle n'était pas partie à l'autre bout de la France.

Il regarda ce corps blanc tacheté de taches de rousseur, ce corps avec lequel il avait fait des châteaux de sable, des batailles de pistolets à eau.

— Quelque chose ne va pas ?

— Non, non, tout va bien, j'ai les mains un peu froides, c'est tout !

Léandre réalisa l'examen clinique et demanda à Constance de se rhabiller.

— La tumeur est localisée. On va procéder à son retrait, puis tu auras un protocole de chimiothérapie et des rayons aussi. Tu as oublié de remplir les coordonnées de la personne à prévenir en cas de problème.

— Il n'y a personne !

— Mais tes parents ? Ton frère ? Ton mari peut-être ?

— Mes parents sont morts, mon frère aussi et je n'ai pas de mari.

Léandre ravala difficilement sa salive. Constance était seule. Il l'avait laissée dans une famille unie et aujourd'hui, elle était seule, seule.

— Depuis quand vis-tu à Bordeaux ?
— J'ai rencontré Julie pendant que je faisais mes études et comme elle est de Bordeaux et que c'est ici que vit toute sa famille, nous sommes venus nous installer ici. Et toi ?
— Moi, je suis architecte. La dernière mutation de mon père était Bordeaux et j'ai gardé la maison quand ils sont décédés.
— Ils ont eu un accident ?
— Non ! Mon frère a eu un accident de moto et quelques mois plus tard, ils se sont suicidés.

Léandre comprit alors qu'en peu de temps, Constance avait perdu tous ceux qu'elle aimait, et maintenant, comme si tout cela ne suffisait pas, il fallait qu'elle développe un cancer…

— Je suis là, tu sais. Je serai là, je t'accompagnerai, je serai là autant que possible.
— Tu as ta famille et je ne te demande rien. Enfin, si, juste de m'enlever cette saloperie qui me gangrène.

Elle se leva, l'embrassa et sortit.

Léandre était bouleversé, il se laissa tomber sur son fauteuil, il était dépité, il avait le regard dans le vague. Toute l'affection, toute l'amitié, tout l'amour qu'il avait ressenti pour elle durant leur enfance et leur adolescence lui étaient revenus en pleine figure, comme une grosse claque. C'est vrai qu'il n'avait pas souvent pensé à elle durant toutes ces années, pourtant, il lui semblait qu'il retrouvait la même Constance, la même fille rousse aux yeux verts couverte de taches de rousseur, la même petite fille à la robe orange à côté de qui il était allé s'asseoir sur ce banc lorsqu'il avait huit ans.

Il venait de se rendre compte aujourd'hui qu'elle avait toujours occupé une grande place dans son cœur. Il aimait Julie, bien entendu et était très heureux et épanoui dans sa vie de famille mais les sentiments qu'il avait éprouvés pour Constance étaient des sentiments purs, dénués de tout intérêt. Elle était une part de lui-même quand ils étaient enfants et en la revoyant aujourd'hui, c'était comme si cette partie qui s'était endormie avait été réveillée, il était un homme comblé à présent. Bien entendu, Constance avait besoin de lui, et il serait là. Ce n'allait pas être facile, mais il l'aiderait à se remettre de cette opération pour qu'elle ne soit plus qu'un mauvais souvenir.

Souvent, quand la mère de Constance le consolait quand il se plaignait des disputes, parfois violentes de ses parents, elle lui disait que « dans chaque malheur, il y a toujours une once de bonheur. »

Cette femme qui avait vu son fils disparaître n'avait pas vu cette lueur ou ne l'avait pas trouvée assez lumineuse peut-être. Lui, il savait que la maladie de Constance ne serait pas facile, mais il serait là, car cette maladie leur avait permis de se retrouver et tout redeviendrait comme avant. Après tout, les âmes sœurs restent liées à jamais, peu importe le temps, peu importe le lieu, quand elles se retrouvent, elles n'aspirent qu'à une seule chose : ne former qu'une.

— Docteur, un appel privé, c'est urgent !

Constance bouscula la secrétaire et entra décidée à alléger son cœur.

— Léandre, attends, il faut que je te dise quelque chose…

— Pas maintenant Constance ! Ma femme et mes enfants ont été percutés par un poids lourd, il faut que j'y aille…

— Donne-moi les clefs, je conduis.

L'autostoppeuse.

Chacun de nous a déjà vu quelqu'un sur le bord de la route en train de faire du stop. Quand nous passons à leur hauteur, nous les regardons mais combien d'entre nous s'arrêtent pour leur proposer de monter à bord de notre véhicule ?

Moi, en tous cas, je ne me suis jamais arrêtée pour faire monter quelqu'un dans ma voiture ; par peur sans doute ; mes parents m'ayant rabâché de ne jamais parler aux inconnus durant toute mon enfance…

Ces « autostoppeurs » ne faisaient pas partie de ma vie jusqu'à ce que tout bascule.

C'était un mercredi après-midi et mon cher et tendre mari m'appelle en me disant qu'il vient de croiser Valéry, mon ami d'enfance et parrain de notre fils alors qu'il était en train de déposer une autostoppeuse.

Là, je me dis que j'ai mal entendu, alors, je le fais répéter. Ce qu'il fait et ce qui accentue mon trouble, c'est que sa voix est bizarre, différente de d'habitude. Il se justifie. Mais moi, je n'entends plus rien, moi, je suis atterrée, moi, je suis abasourdie… Mon mari, la personne à qui je faisais le plus confiance sur ce monde, celui qui est censé me protéger a pris une « jeune qui faisait du stop pour lui rendre service ». Tout mon monde s'écroule.

Déjà, la première question qui s'impose à mes pensées est :

— Etait-ce une autostoppeuse ou une prostituée ?

Puis la seconde :

— Me l'aurait-il dit si notre ami ne l'avait pas vu ?

Pour moi, ça en est trop ! il me ment, je le sens, je le sais !

Alors, avant de trop m'emballer, je réfléchis, je me demande pourquoi il s'est arrêté.

Au bout d'un certain temps, la relation amoureuse s'étiole, ce n'est un secret pour personne. Moi, ça faisait plusieurs mois déjà que je sentais notre relation battre de l'aile mais mon mari, lui, faisait confiance à la routine pour nous éviter de dégringoler et de nous crasher. Cette routine qui moi m'étouffait, le rassurait, lui. Mais, là, il s'était arrêté prendre une jeune inconnue dans sa voiture, c'était donc que lui aussi avait besoin de nouveauté, de divertissement mais contrairement à moi, il ne se l'avouait pas, le niait même.

Mes neurones étaient en pleine ébullition, je réfléchis, repense à des situations plus anciennes et cela ne fait aucun doute, nous sommes arrivés au bout de notre chemin commun.

Rien n'est immuable, surtout pas les sentiments humains.

Je suis déçue, je me sens blessée, offensée, salie. Il ne cesse de répéter :

— Hortense, je te promets qu'il ne s'est rien passé ! Rien !

Mais, moi, je ne le crois pas, je ne peux plus lui faire confiance ! Pour moi, c'est terminé ! Celui qui devait me protéger, avancer à mes côtés, m'aider à marcher quand je serai vieille vient de me pousser dans la tombe et de recouvrir de terre mon visage sali par les larmes.

Il me dégoûte, je ne veux plus qu'il me touche. Je ne peux plus lui faire confiance.

Les fondations du couple sont la confiance et le respect. Aujourd'hui, il a fait s'écrouler notre couple, tel un séisme ravageur et dévastateur de magnitude 6.3 sur l'échelle de Richter qui a tout rasé sur son passage. Il ne reste que des décombres.

Comment vais-je pouvoir continuer aux côtés d'un homme qui vient de m'anéantir ? Comment vais-je pouvoir lui pardonner de me forcer à le détester ? Comment a-t-il pu faire ça à notre famille ? à nos enfants ?

— Je n'ai pas réfléchi, je suis désolé.

Il est en mode replay, mais moi, je ne veux plus l'entendre, je ne veux plus le voir. Moi, je n'ai rien demandé et il a tout détruit.

Car le fait qui n'ait pas réfléchi est pour moi bien plus grave, ça signifie qu'il a agi sur une impulsion, une pulsion, un désir et je ne peux pas le tolérer. Comment un père de famille peut agir sans réfléchir, sans penser à sa famille ? Pour moi, c'est inconcevablement égoïste.

Les jours passent et je me consume. Je ne veux pas prendre la décision ultime, évidemment, ce n'était pas prévu, nous devions vieillir ensemble et je suis certaine à présent que je vieillirais seule ou du moins sans lui. Il vient de sortir de ma vie de manière impromptue, soudaine et irrévocable. Mais il y a mes enfants, nos enfants. En tant que mère, je me dois de les protéger, les rendre autonomes, mais est-ce que je dois forcément oublier que je suis une femme parce que je suis mère ? Est-ce que je dois lui pardonner, oublier et faire comme s'il ne s'était rien passé ?

Je n'en serai pas capable. Lui, bien entendu claironne à qui veut l'entendre qu'il n'a rien fait, qu'il n'a rien à se reprocher, mais, j'ai du mal à le croire, je ne lui fais plus confiance.

J'ai été convaincue pendant des années que j'avais un mari exceptionnel ; à l'écoute, patient, serviable, disponible, conciliant, fidèle et aujourd'hui, aujourd'hui, je prenais enfin conscience que l'homme parfait n'existe pas à part dans les mythes et que mon mari est un homme comme les autres, un être humain avec toute sa part de vices, de masculinité, de virilité perdue au fil des années qu'il aspire à retrouver. Un être primaire qui a fait battre mon cœur, vibrer mon corps et qui aujourd'hui m'a détruite.

Ne voulant pas détruire l'équilibre familial, je souhaite d'abord prendre sur moi, me placer au second plan pour préserver l'équilibre émotionnel de mes enfants, mais vais-je pouvoir le faire ? Suis-je assez forte pour le faire ? Ne devrais-je pas me préserver pour continuer à veiller à l'épanouissement de mes enfants ?

L'idéal serait que j'arrive à oublier cet épisode, faire comme s'il ne s'était jamais rien passé.

Je prends une décision car j'ai besoin d'avancer, de savoir où je vais…

— J'ai pris une décision… Je me donne douze mois pour voir si la confiance que j'avais en toi revient. Par contre, je suis convaincue d'une chose, c'est que même si elle revient, rien ne sera plus jamais comme avant ; il y aura un avant et un après l'autostoppeuse.

Deux ans après.

Mon fils affiche glorieusement la tablette qu'il a eu pour son passage en sixième. Il montre à son parrain les photos des vacances.

— Tu vois, ça, c'est moi qui fais du surf, ça, c'est ma sœur en train de faire des châteaux de sable et ça, c'est papa avec Clémentine.

— Ah… Super, et elle est gentille Clémentine ?

— Oui, elle est géniale, elle joue avec nous, nous fait faire des trucs super originaux ! L'autre jour, on a pu repeindre les murs de nos chambres, moi, j'ai fait des tas de tags !

— Ah… C'est génial ! Je vais aider ta mère à la cuisine.

— Tu la connais cette Clémentine, elle semble faire l'unanimité ?

— Oui, elle est très gentille, plus jeune qu'Olivier, mais pour les enfants, elle reste à sa place et ne s'immisce en rien dans leur éducation. J'ai de la chance qu'elle soit comme ça.

— Et ils se sont rencontrés comment ?

— Au bureau je crois…

— Hortense, c'est elle l'autostoppeuse…

Vingt ans après…

Cette nouvelle a été l'occasion pour nous quatre de nous retrouver, de partager, de nous ramener vingt ans auparavant avec un énorme avantage, celui d'en savoir un peu plus sur la vie…

Par ordre alphabétique, un immense MERCI à Jennifer, Laëtitia, Ngoc-Hà pour toutes ces années partagées et pour celles qui sont à venir !

Oui, nous vivons dans une société ultra connectée, cela présente de nombreuses contraintes. Par exemple, il est impensable de passer une journée sans notre smartphone, sans se connecter à Facebook pour mettre une ou deux photos, des selfies la plupart du temps où nous sommes tous défigurés avec des bouches en cul de poule. Pourtant, Facebook présente un énorme avantage, c'est celui de retrouver vos camarades de collège et c'est ainsi qu'un jour, je découvre une invitation de Marie avec qui j'étais au collège. N'étant pas une pro, je clique prudemment sur « Accepter l'invitation ». C'est fou, à part quelques rides qui nous donnent un air expérimenté, nous n'avons pas changé ! C'est magique ! Très vite, je reçois d'autres invitations de Julie et de Christina et voilà, la troupe des Drôles de Dames est au complet !

Il faut dire qu'au collège, nous étions très proches. Il y avait une grande affection entre nous, une affection, une amitié sincère, dépourvue de sous-entendus, de préjugés et alors que les autres bandes se disputaient et se critiquaient, nous, nous restions soudées, comme les cinq doigts de la main qui n'en aurait eu que quatre… Alors, évidemment, je me pose la question inévitable… « Comment se fait-il qu'elles se voient toujours alors que moi, je ne les vois plus ? »

C'est vrai, la vie nous réserve parfois des surprises que nul ne soupçonne… Pourquoi n'ai-je pas gardé le contact avec ces filles qui m'ont aidé à devenir ce que je suis aujourd'hui ? Car on a beau dire, ce que nous sommes adulte, nous le devons en partie à nos années collège et à nos fréquentations qui nous supportent, nous épaulent, et sans qui nous ne serions pas devenues ce que nous sommes. Je réfléchis et je trouve facilement la réponse à cette question… je ne suis pas allée au même lycée qu'elle, moi, je suis allée dans l'autre lycée de la ville, celui proche du travail de mes parents. Et puis, après le bac, je suis partie dans le nord de la France pour suivre mon « copain » qui est devenu par la suite mon mari, mon ex-mari, le mari de quelqu'un d'autre, un père de famille etc… et tout ça a fait que quand je suis revenue dans ma ville natale, je n'ai pas osé sans doute les recontacter, et puis l'occasion ne s'est pas présentée. Mais en tous cas, aujourd'hui, c'était fait, elles m'avaient retrouvée et nous allions redevenir « Les drôles de dames » le temps d'une soirée au moins !

Caler une date a été le plus difficile. Certaines d'entre nous étant devenues mères, nous avions des responsabilités et parfois se libérer une soirée quand on a des enfants est difficile… quand ils n'ont pas la gastro, ils ont une rhino, quand c'est pas la rhino, c'est la grippe ou la rage de dents, mais finalement, nous y arrivons enfin ! et là, les retrouvailles sont au rendez-vous !

Je suis excitée comme une puce ! Vingt ans sans se voir… Est-ce qu'on va trouver quelque chose à se dire ? Est-ce qu'on ne va pas être comme des étrangères ?

Je me dirige vers le lieu du rendez-vous et je retrouve l'excitation de mes quinze ans…

Ça y est ! je les vois ! C'est curieux, elles n'ont pas changé ! c'est super !

— Coucou les filles !

— Salut, alors, comment vas-tu ?

— Super ! Et vous ? Je trouve qu'on n'a pas du tout changé !

— Ouais, c'est parce qu'on est dans le noir, vous ne voyez pas mes rides !

— Ni mes cheveux blancs !

— Tu ne fais pas des couleurs ?

— Des couleurs ? Non ! bien sûr que non !

Et voilà, c'était lancé ! C'était comme si les vingt dernières années n'avaient pas existé, c'était comme si nous nous étions quittées la semaine dernière fin de troisième avec notre brevet en poche !

— Alors, qu'est-ce que vous devenez ?

— Bon, allez, je me lance !

Julie était notre mère protectrice, elle était toujours là pour nous, elle n'oubliait jamais une date importante, elle nous écoutait, elle était l'élève studieuse et réservée qui nous aidait à comprendre les théorèmes mathématiques qui -il faut bien l'avouer aujourd'hui- manquaient un peu de glamour à nos yeux !

— J’ai deux enfants, un garçon et une fille. Je suis sage-femme, j’ai beaucoup bossé en Afrique. J’ai fait de nombreuses missions humanitaires et c’est là que j’ai rencontré mon mari.

— Waouh ! Super, et ton mari, il est dans le médical aussi ?

— Oui, enfin, il était obstétricien. Il est décédé lors de notre dernière mission humanitaire en Afrique. Il a sauté sur une bombe.

Valentine se leva et lui pris la main.

— Tu as dû traverser des périodes très difficiles. Et tes enfants ?

— Mes enfants vont très bien… Tu sais, quand tu pars en mission humanitaire, il y a des risques et on le sait. Si on part, c’est pour aider les autres, alors, ça fait partie des risques et c’est comme ça ! C’est un choix.

— Ça ne m’étonne pas du tout que tu sois partie dans l’humanitaire, tu as toujours été tellement généreuse !

— Et aujourd’hui, tu exerces ici ?

— Non, l’argent que j’ai reçu au décès de Florian m’a permis de créer une association pour les enfants qui sont abandonnés par leur mère à la naissance. Nous nous occupons de leur trouver une famille dans laquelle ils seront aimés et choyés. Et parallèlement, je suis sur Montpellier ou j’exerce en tant que sage-femme, oui.

— Tu as un métier magnifique en tous cas. Je me souviens quand j’ai accouché de Maximilien, les sages-femmes ont été extraordinaires !

— Elles donnent la vie !

— Oui, mais ça ne doit pas être tous les jours aussi facile, non ?

— Non ! C'est sûr, il y a parfois des naissances qui sont difficiles et qui ne se terminent pas bien, mais dans l'ensemble, ce métier m'apporte beaucoup ; il m'aide à m'épanouir !

— C'est une vocation !

— Oui, une réelle passion !

— Remarque, ça ne m'étonne absolument pas que tu aides les autres. Déjà, au collège, tu t'occupais de nous !

— Oui, c'est vrai que tu nous maternais un peu !

— Il est l'heure d'aller au resto parce que sinon, on ne pourra pas manger !

Les quatre amies se dirigent vers le petit restaurant qui faisait face aux Arènes de la ville. Et vingt ans après, rien n'a changé !

J'essaie d'ouvrir la porte mais essayez de tirer sur la poignée d'une porte qui coulisse… non seulement ça ne s'ouvre pas, mais en plus, vous soulevez légèrement la porte… Vous, vous vous énervez contre cette porte qui ne s'ouvre pas, mais les personnes tranquillement installées à l'intérieur en train de manger se demandent quel colosse va entrer ? Est-ce Hulk ? La Chose ?

— Elle coulisse la porte !

— Ah oui, elle coulisse ! Merci Julie !

La porte s'ouvre sur quatre paires d'yeux qui nous scrutent … je rentre, je me retourne et là, je suis seule, il n'y a personne derrière moi, mes copines sont parties… Et soudain, je les vois réapparaître, gênées, un tantinet mal à l'aise.

— Qu'est-ce qu'il y a ?
— Là…

Je me retourne, je scrute la table derrière nous.

— Quoi là ?
— Là, tu ne vois pas ?
— Mais qui ?

Marie chuchote, parle entre ses dents, je ne comprends rien…

— Il y a Thomas derrière.
— Qui ?
— Thomas, il était en classe avec nous, tu ne te souviens pas ?

Je me retourne et vois deux couples qui me regardent comme une extra-terrestre depuis que je suis rentrée après avoir détruit la porte… Effectivement, il y a un homme dont le regard me dit quelque chose… Soudain, son visage d'adolescent me revient à l'esprit…

— Eh oui, c'est bien lui, Thomas, il a pris vingt ans, comme nous, enfin, moins bien que nous, lui, on dirait qu'il en a pris trente et il a pris autant de kilos !

On rit, on rit comme avant et comme ça fait du bien !

— Comment aurais-je pu reconnaître celui qui se prenait pour le plus beau de la classe ? C'est vrai que toutes les filles de 5°4 le regardaient amoureusement, mais pas nous, non, nous, nous préférions les 3èmes… Ils étaient tellement plus matures, plus hommes…

— Ah oui ! Tu te souviens de Stéphane ?

— Qui ?

— Mais si ! il était en 3°6, le grand qui jouait au basket ?

— Ah oui ! J'étais amoureuse de lui ! Et qu'est-ce qu'il est devenu ?

— Je ne sais pas, en tous cas, vous ne devinerez jamais qui j'ai revu il y a deux ans environ ?

C'est fou comme ces amies de collège avec qui vous passez presque la totalité de votre vie entre onze et quinze ans vous aident à vous construire. Elles partagent votre quotidien, on s'entraide, on s'écoute, on se conseille, on se couvre. Finalement, je me dis que je leur dois un peu ce que je suis devenue aujourd'hui.

— Vous vous rappelez quand on se faisait la malle entre midi et deux, on partait de la cantine et même si c'était pour une heure ou plus, on avait la sensation de découvrir la liberté ! Toi, Marie, tu faisais diversion…

— Moi ? Ah non ! J'arrivais de mon petit collège privé et vous m'avez dévergondée, oui ! moi qui étais une élève si studieuse !

— Toi ? Non, toi, tu rigolais tout le temps, c'était Julie l'élève studieuse !

— C'est sûr que ce n'était pas moi ! Je me chauffais contre le radiateur, bien calée au fond de la classe !

— D'un autre côté, on allait juste faire un tour en ville !

— C'est sûr, mais bon…

— Ouais, on ne faisait rien de mal !

— Non, mais bon, imagine s'il nous était arrivé quelque chose ?

— Si ça arrive à mes enfants aujourd'hui, je tue le CPE !

— T'as raison ! Moi, je porte plainte !

— C'est sûr, tu n'auras pas à te déplacer en plus !

— Pourquoi elle n'aurait pas à se déplacer ?

— Ah ! Oui ! je suis dans la Police, Brigade des Stups !

— Non ! Tu déconnes ?

— Non ! Brigade des Stups je te dis !

— Ben ça alors !

— Ben oui, c'est franchement une passion pour moi, c'est jouissif !

— Et ton mari ? Il est jouissif aussi ?

— Non, mon mari, il s'est barré ! Je vis seule avec mes deux enfants !

Les trois copines se regardèrent.

— Il n'y a pas de souci les filles, tout va bien ! Je suis très heureuse comme ça !

— T'as raison, au moins, tu n'es pas emmerdée ! Je trouve que c'est hyper difficile de vivre avec un homme, non ?

— C'est sûr, on n'a pas la même vision des choses. Et toi, Christina ?

— Moi, je suis mariée, mon mari est pilote ! Nous sommes souvent sur les mêmes vols, ce qui nous permet de profiter pleinement des escales…

— Tu n'as pas d'enfants ?

— Non ! Pour l'instant, on profite ! Et puis, on a un métier où on n'est pas souvent à la maison, donc, pour l'instant, on profite !

— C'est pour ça que tout va bien avec ton mari ! tu n'as pas de routine !

— Waouh ! Hôtesse de l'air ! Quand je pense qu'on avait fait notre baptême de l'air en CM1 ! Si ça se trouve, c'est peut-être ça qui t'a inspiré !

— Peut-être, ouais, mais je pense que c'est plutôt de visiter de nouveaux pays…

— Bon, et toi, Valentine ? Qu'es-tu devenue ? Toi qui n'a jamais rien fait comme tout le monde !

— Oh, moi, je continue ! J'ai trois magnifiques enfants, j'ai deux ex-maris, quelques aventures par-ci, par-là et voilà ! J'ai ouvert mon école Montessori il y a 6 ans déjà, ça fonctionne bien, très bien même. Les gamins s'épanouissent à leur vitesse, ils développent leur créativité, vraiment, c'est le top !

— En tous cas, c'est super ce que nous sommes devenues ! Nous avons toutes une vie dans laquelle nous nous épanouissons, c'est super !

— Oui, bien que pour toi Julie, ça n'a pas dû être facile de te retrouver seule ?

— Oh, c'est du passé, je regarde devant et pas derrière moi. Et puis, avec les enfants, on est bien obligées !

— Ah ! ça, c'est certain que les enfants nous poussent à aller de l'avant !

— En tous cas, j'espère qu'on n'attendra pas vingt ans pour se revoir !

— Ah non ! Parce que dans vingt ans, on aura cinquante-cinq ans !

— On sera grand- mères !

— T'as raison ! Putain, non, il faut qu'on se voie régulièrement parce que sinon, c'est trop triste !

— J'organise une journée le 20 juillet pour l'association. Ce sera dans un domaine et ça pourrait être l'occasion de nous retrouver toutes ensemble !

— Ah oui ! C'est super !

— C'est quand déjà ? Parce qu'avec les horaires…

— D'ici le 20 juillet, tu auras le temps de t'organiser, Madame l'hôtesse de l'air !

20 Juillet…

A la mort de son mari, Julie avait voulu investir une partie de l'assurance décès dans une œuvre caritative. Elle et son mari étaient très dévoués et pour eux, faire de l'humanitaire, aider les personnes qui en ont besoin était indispensable.

Elle avait donc réfléchi et avait opté pour fonder une association qui aiderait les enfants abandonnés à trouver un logis où ils seraient aimés et choyés. Elle avait rencontré les bonnes personnes aux bons moments et le projet était devenu rapidement réel. Parfois, entre le boulot, les enfants, la maison, les vingt-quatre heures n'étaient pas suffisantes, mais se pencher sur les dossiers de l'association était sa lumière ; elle pensait à ces moments-là à son mari et à quel point il aurait été fier qu'elle ait fait ça.

— Bonjour Julie !
— Bonjour Agnès, tout est prêt ? Qu'est-ce que je peux faire pour aider ?
— Il reste les plans de table à finaliser !
— Parfait ! je m'y colle !

Cette année, cette journée avait un caractère encore plus spécial… cette année, il y aurait ses amies de collège et cela la tenait beaucoup à cœur. Se revoir comme ça, vingt ans après avait été une surprise et tout s'était déroulé comme si elles s'étaient quittées la veille. Il n'y avait pas eu de gêne, de blancs, non, il n'y avait eu que des rires et les filles n'avaient pas changé, elles étaient restées elles-mêmes malgré la vie qui les avait parfois éprouvées.

Tout était prévu, Christina viendrait avec son mari, Marie et Valentine viendraient ensemble après être passées au salon de coiffure.

— Bonjour ! Comment vas-tu ?

— Très bien et toi ?

— Très bien ! Prête ?

— Oui ! J'espère que ce ne sera pas trop chiant !

— Bonjour bonjour les Girls…

— C'est quoi ce coiffeur ?

Marie haussa les épaules…

— Bon, Julie m'a dit de bien m'occuper de vous… Allez, zou ! au shampooing !

Valentine regarda Marie avec un petit sourire…

— Allez, on commence par vous ! Qu'est-ce que je te fais ma belle ?

— Je ne sais pas trop, un chignon peut-être…

— Un chignon, allez, c'est parti ! Tu as de beaux cheveux ! Mais tu ne fais pas de couleurs ma chérie ?

— Non ! Je garde mes cheveux blancs ! Ils sont venus là tout seuls et c'est comme ça !

— Et si on faisait des mèches ?

— Non ! Un chignon !
— Valentine, ce sera plus joli si on fait des mèches ! Tu vas perdre dix ans au moins !
— Bon, ça suffit !

Valentine se lève, arrache se blouse d'un marron douteux et récupère son sac.

— Mais qu'est-ce que tu fous ?
— Je m'en vais, il commence à me courir l'autre avec ses mèches et sa couleur !
— Bon, désolée, nous partons ! Au revoir !
— Bon, ça commence mal, que va dire Julie ? Elle nous envoie chez son coiffeur et il ne nous fait même pas un shampooing…

Les deux amies se regardent et se mettent à rire. Marie imite le coiffeur en train d'essayer de convaincre Valentine de faire une couleur ou au moins des mèches.

— Arrête ! On n'a qu'à laisser nos cheveux lâchés, c'est très bien les cheveux lâchés !
— Ouais, bon, de toute façon, on n'a plus le choix maintenant ! Moi qui me faisait une joie de me faire chouchouter un peu…
— Oui, ben tant pis ! c'est comme ça ! On va aller prendre un café à la place !
— Ecoute, Christina, on va finir par être en retard… Il y aura de la circulation et on a au moins deux heures de route…
— J'arrive Minou ! J'arrive !
— Bon, alors, fais-moi un petit briefing …

— Alors, avec Julie et Valentine, on s'est connues à l'école primaire et avec Marie au collège. Elle est arrivée quand on était en cinquième. Elle venait d'un collège privé et on l'a tout de suite adoptée ! Elle riait tout le temps !

— Et après, vous vous êtes perdues de vue ?

— Ben oui ! chacune a fait sa vie de son côté et puis voilà, le hasard a fait que nous nous sommes retrouvées ! Mais c'est comme si on ne s'était jamais quittées ! En fait, elles n'ont pas changé !

— Bon, la soirée s'annonce agréable alors ! »

Christina regarda son mari en acquiesçant. Ils étaient le couple parfait. Jamais un mot plus haut que l'autre, toujours à l'écoute de leur moitié, vraiment, un couple parfait, « trop parfait pour être honnête ! » aurait dit Marie. Mais Christina respirait la plénitude et les filles étaient ravies pour elle.

— Les filles ! Je suis super contente de vous voir ! Vous n'êtes pas passé chez Alfredo ?

— Chez qui ?

— Le coiffeur !

— Ah… Si, on y est allées, sauf qu'il a eu le malheur de parler de ses cheveux blancs à Val et on est parties, elle a enlevé sa blouse et elle s'est barrée… Alors, je l'ai suivie, mais ne t'inquiète pas, il n'a même pas eu le temps de nous faire un shampooing !

Julie et Marie éclatent de rire.

— Elle n'a pas changé !

— Bon, allez, venez ! Je vais vous montrer où vous pourrez vous changer !

Le domaine était magnifique. La cour était ornée de grands platanes qui avaient relié leurs branches entre elles pour former un ciel de feuilles vertes. Au sol, des petits pavés gris faisaient résonner les talons des chaussures des serveuses. Julie les fit entrer dans la demeure du dix-septième siècle…

— C'est magnifique !
— Oui, je viens chaque année et je ne m'en lasse pas ! Chaque année, j'ai la sensation que les plafonds sont encore plus beaux…

Les trois amies avançaient le nez en l'air, admiratives de tant de perfection.

— Regardez, vous avez vu là-bas ?
— Non, quoi ?
— Oh la la ! Si elle se voyait avec mes yeux !
— Et lui, il est craquant, c'est qui ?
— Lui, ah moi, ce n'est pas du tout mon type ! Je préfère le grand blond là-bas…
— Ah ! ça ne m'étonne pas, tu as toujours eu des goûts bien particuliers !
— Les filles, c'est fou quand même, ça fait vingt ans qu'on ne s'est pas vues et vous savez quoi ?
— Quoi ?

Le retour aux sources.

A ma mère et à toutes les mères parce qu'on n'en a qu'une et qu'elles sont toujours là pour nous…

Je descendis du train et déjà, une angoisse me monta à la gorge. J'avais quitté cette ville, ma ville, il y avait plusieurs années et je n'y étais jamais plus revenu. J'étais devenu un orphelin de ville. Pourquoi ? Parce qu'il y a des blessures qui ne cicatrisent pas. Depuis ce qui s'est passé cette nuit-là, rien n'a plus été pareil. Aujourd'hui, je suis revenu parce que j'ai pardonné, oui, pardonné, - comme quoi, tout arrive – j'ai décidé de ne plus être en colère avec ce qui s'est passé, de vivre avec, d'en faire une force et qui sait, peut-être, y penser de moins en moins. De moins en moins car plus du tout est impossible.

J'ai quarante-trois ans, grand, brun, les yeux verts, passionné de sport, de théâtre et de littérature. Je suis œnologue. Il faut dire que d'où je viens, les vignes représentent la première culture, j'y ai même fait mes premiers pas. Ma famille paternelle possédait un domaine au nord de Béziers ; « Domaine du Taraxacum » était gravé sur chaque bouteille qui passait par le grand portail lie de vin qui grinçait et que mon père m'obligeait à repeindre tous les deux ans pour qu'il soit toujours impeccable. Ces terres étaient dans la famille Chambeu depuis de nombreuses décennies, depuis quatre générations exactement ; le grand-père de mon grand-père les avait acquises à la sueur de son front et au travail de ses chevaux. Quand mon père était en activité, il comptait une trentaine d'hectares, mais avec la mécanisation, le travail avait bien changé. Mon grand-père travaillait la terre avec des chevaux, mon père avec des tracteurs et moi, moi, je n'ai pas voulu me salir les mains comme me le répétait si souvent mon père, moi, j'ai décidé de faire du vin, pour ne pas avoir à travailler trop dur. Mais la véritable raison est tout autre et il ne la connaitra jamais… Il y a quarante-huit heures, j'ai reçu un coup de fil de Madame Perez, la femme du régisseur du domaine m'annonçant qu'il fallait que je vienne dès que possible, mon père avait fait une chute et personne ne voulait lui dire à l'hôpital ce qu'il avait réellement parce qu'elle ne faisait pas partie de la famille mais ça lui semblait très grave. Cet appel n'a suscité chez moi aucune réaction. Je n'ai pas été triste, je n'ai pas été en colère, ni inquiet, j'ai été tout simplement. J'ai terminé mon travail, j'ai annoncé à mon assistante que je serai absent quelques jours mais que je restais disponible, comme d'habitude.

Je n'étais pas souvent absent, mon travail est mon oxygène, j'en ai besoin pour vivre. Cela m'a d'ailleurs valu un divorce et de ne voir mes enfants que trois fois par an. Maria ne supportait pas que je passe plus de temps dans les caves que dans notre maison. Nous nous étions rencontrés lors d'un voyage linguistique en Italie quand nous avions quinze ans. Cette belle brune pulpeuse pour son âge avait tout de suite attiré mon regard, elle avait su réveiller en moi les hormones jusque-là en état d'endormissement. Nous avions gardé le contact et quand j'avais quitté le domaine précipitamment, c'est chez elle que je m'étais réfugié. Peu à peu, nous nous étions rapprochés, et devenus mari et femme, puis père et mère puis, par la force des choses, ex-mari et ex-femme.

Nous avions eu deux magnifiques enfants ; Chiara et Luca. Maintenant, avec le recul, je me dis que je suis passé à côté d'une partie de leur enfance, j'étais plus souvent en train de travailler que de jouer ou de faire une promenade avec eux. D'ailleurs, quand nous leur avions annoncé notre séparation, ma fille avait répondu : « Pour ce que ça va changer ! », cette remarque acerbe m'avait hanté quelques temps puis, était sorti de ma mémoire. Pourquoi rejaillissait-elle aujourd'hui ?

Je sortis de la gare et me trouva en face de la grille du jardin du Plateau des Poètes, jardin très ombragé où me conduisait ma mère quand j'étais enfant. Nous nous asseyions en face de la fontaine du Titan et nous donnions du pain aux canards qui cancanaient autour de nous créant une véritable symphonie de « coin coin » intarissables. Puis, elle me prenait par la main et nous remontions les Allées Paul Riquet, nous nous arrêtions parfois sur un banc et silencieux, nous contemplions les lieux. Ces instants passés avec ma mère étaient des instants de grâce, de plénitude totale, d'intense complicité. Elle me manquait tellement depuis qu'elle avait quitté ce monde. Elle avait toujours su me comprendre, me défendre, me faire devenir un homme.

Je passai la grille du jardin et il me sembla faire un voyage dans mon enfance. Il y avait toujours les canards, des enfants qui jouaient en riant et criant. Je m'asseyais sur un banc et fermai les yeux. J'entendais la douce voix de maman qui caressant mes petits doigts potelés me disait à quel point elle m'aimait et à quel point je la rendais fière. Soudain, un ballon venu s'écraser sur mon épaule me sortit de ma rêverie.

— Pardon Monsieur !

— Ce n'est rien ! répondis-je en renvoyant le ballon à son propriétaire.

Avant de me rendre à l'hôpital, je voulais me promener un peu, reprendre mes marques dans cette ville que j'avais fuie. Je me retrouvai rapidement face au théâtre, grand, majestueux, imposant. La première fois que j'y étais entré, c'était pour assister à la représentation de Bérénice de Racine. J'étais en classe de quatrième et j'étais resté abasourdi devant tant de beauté ; le lourd rideau rouge qui semblait peser des tonnes, les fauteuils si confortablement épais et la scène qui résonnait à chaque piétinement intempestif. J'avais été transporté dans un univers merveilleux dans lequel tout était devenu possible. Bérénice avait fait naître chez moi cette passion pour le théâtre qui ne m'a jamais quitté. Dès que mon emploi du temps me le permettait, j'assistais à une représentation théâtrale, pièces classiques, vaudeville, tout me réjouissait à condition que la magie du lieu opère…

L'hôpital se trouvant à l'extérieur du centre-ville, je me dirigeai vers la place De Gaule, la place des bus qui faisait front au Collège Paul Riquet où j'avais été élève.

— Bonjour, je suis Monsieur Chambeu.

— Bonjour, je vais chercher le médecin…

Cette odeur d'hôpital emplissait mes narines malgré mes efforts pour rester en apnée, il me semblait que j'allais vomir. Déjà, la tête me tournait, je me sentis vaciller.

— Bonjour Monsieur Chambeu, je suis le médecin de votre père, le docteur Berrel.

— Bonjour.

— Votre père a fait une chute très importante, il a de multiples fractures et contusions, nous le traitons actuellement pour la douleur mais…

— Il est conscient ?

— A son arrivée, il présentait un hématome sous-dural aigu, je l'ai opéré pour drainer l'hématome, malheureusement, je crains qu'il n'ait des séquelles irréversibles. Actuellement, il ne s'est pas réveillé, nous l'avons placé en Unité de Soins Intensifs. Je vous y conduis ?

Je hochai la tête. Je regardai le corps allongé dans ce lit immense, je n'avais jamais fait attention à la taille disproportionnée des lits dans les hôpitaux. Puis soudain, je compris que ce n'était pas le lit qui était démesurément grand, c'était en réalité mon père qui était devenu incomparablement ratatiné. Lui qui dans mes souvenirs était un molosse doté d'une force de la nature, je le retrouvai aujourd'hui inoffensif, branché à des machines sans lesquelles il ne ferait plus partie de ce monde. Presque vingt années s'étaient écoulées ; j'avais laissé un homme dans la fleur de l'âge et je retrouvai un vieillard chétif.

Je sentis que je m'étouffais, il me fallait de l'air, de l'air, vite, je me ruai sur la fenêtre, mais je ne pouvais pas l'ouvrir, je tirai sur la poignée quand une infirmière entra et comprit mon désarroi ; elle me fit sortir de la chambre et m'installa dans le bureau des soignants.

— Tout va bien Monsieur Chambeu ?

— Oui, ça va mieux, merci ! j'ai fait une crise de panique je crois…

— C'est normal, toutes ces machines, ça peut être choquant…

— Oui, ça doit être ça ! Vous me rappelez quelqu'un ? Vous ne seriez pas la fille d'Anna Bousquet par hasard ?

— Mais oui, comment le savez-vous ? Vous connaissez Maman ?

— Nous étions au collège ensemble ! Vous lui ressemblez tellement ! Comment va-t-elle ?

— Très bien, elle est sage-femme, au troisième étage. Allez la voir, elle sera contente ! Vous étiez proches ?

— Euh… Oui, non, enfin, nous nous entendions bien mais après, en grandissant, nous nous sommes perdus de vue.

— Mais allez la voir ! Je suis sûre qu'elle sera contente de vous revoir ! Vous avez récupéré ? Vous voulez que je vous accompagne ?

— C'est gentil, mais non, merci beaucoup ! J'y retourne ! Merci euh…

— Lucie !

— Merci Lucie !

Je sortis du bureau et retournai dans la chambre. Mon portable sonna, c'était Madame Perez.

— Bonjour Arnaud, comment vas-tu ?

— Je suis à l'hôpital. J'ai vu le médecin ce matin, il m'a expliqué qu'il l'a opéré pour drainer un hématome sous-dural mais qu'il ne s'est pas encore réveillé et même s'il se réveille, il aura des séquelles irréversibles.

— Mon Dieu, c'est affreux ! Qu'est-ce qu'il lui a pris de vouloir monter dans le grenier ?

— Si vous voulez le voir, vous pouvez ; je partirai à mon hôtel d'ici deux heures pour me reposer un peu.

— A l'hôtel ? Mais tu ne vas pas aller à l'hôtel ? Je viens te chercher et une fois au domaine, tu prendras le 4x4.

— Non ! Je ne viendrai pas au domaine !

— Mais enfin, Arnaud, tu es ridicule ! Il faut savoir tourner des pages…

Je raccrochai.

Cette histoire, mon histoire ne regardait que moi. Personne n'avait le droit de me dire ce qu'il fallait que je fasse. Je m'assis sur la chaise et sortit un livre. Les mots avaient dû avoir sur moi un effet relaxant, soporifique même puisque je sursautai quand madame Perez entra. Elle avait bien vieilli mais avait toujours le même regard malicieux derrière ses rides creusées.

— Bonjour Arnaud…

— Bonjour, je m'étais assoupi un peu.

— Tu es devenu un bel homme !

— Merci !

Elle s'approcha du lit de mon père et lui prit la main.

— Arnaud est là, il est venu vous voir dès qu'il a su.

— Ça ne sert à rien, il n'entend pas !

— Ça, c'est ce que disent les médecins ! J'ai vu plusieurs émissions à la télé où ils disaient que c'était bien de parler aux malades dans le coma, qu'ils entendaient tout. » Je haussai les épaules ; après tout, s'il ne l'entendait pas mais que ça lui faisait du bien de lui parler, je ne pouvais l'en empêcher…

— C'est quand même bête, toutes ces années que vous avez perdues...

— Vous n'allez pas recommencer !

Elle me regarda tristement.

— Excusez-moi, mais je ne veux plus entendre parler de cette histoire, j'ai grandi depuis, je me suis marié, j'ai des enfants, tout ça, c'est du passé. Je suis seulement là pour m'occuper des formalités administratives quand ce sera fini.

— Quand ce sera fini ? Mais les médecins t'ont dit qu'il ne se réveillerait pas ?

— Vous n'entendez que ce que vous voulez entendre, je vous ai dit qu'il y avait peu de risque qu'il se réveille et quand même il se réveillerait, il aurait des séquelles irréversibles.

— Mais il peut se réveiller ?

— Je ne sais pas, mais en tant que son proche, j'ai signé un ordre de non réanimation.

— Mais, enfin, Arnaud, tu ne vas quand même pas tuer ton père, déjà que quand tu es parti, tu as…

Je me levai avec violence, prit mes affaires et sortit brutalement de la chambre. Quand je fus face à l'ascenseur, j'entendis la vieille femme qui m'appelait.

— Bonjour, je cherche Anna Bousquet…

— Anna Bousquet, non, ce n'est pas chez nous, désolée !

— Si, sa fille travaille à l'étage inférieur…

— Ah ! Anna Viéville, vous voulez dire ?
— Je vais l'appeler…

Evidemment, si Anna avait une fille, il y avait des risques pour qu'elle porte le nom de son mari.

— Bonjour, je peux vous aider ?
— Bonjour Anna, comment vas-tu ?
— Arnaud ? Arnaud Chambeu ? Quelle surprise, ça alors...

Elle se pressa pour m'embrasser. Il me semblait que ses cheveux avaient toujours la même odeur après toutes ces années.

— Que fais-tu ici ?
— Je suis venu voir mon père, il a fait une chute et a un traumatisme sous-dural.
— Je suis contente d'apprendre que vous vous êtes réconciliés.
— Non, en réalité, nous ne sommes pas du tout réconciliés ; je suis ici car il va mourir et il faudra que je m'occupe de toutes les formalités administratives.

Anna me regarda interrogative mais comme à son habitude, elle ne posa pas de questions.

— Si tu as besoin, n'hésite pas en tous cas. Tu loges au domaine ?
— Non, à l'hôtel, je ne veux pas y revenir, je ne peux pas.
— Pourtant, il faudra bien que tu y retournes…
— Au moment venu et il ne sera plus là et tout sera différent.

— Viens à la maison !

— Non ! C'est gentil mais non ! Je ne peux pas, je suis juste venu te saluer car ta fille s'occupe de mon père et quand je l'ai vue, il m'a semblé te voir quand je suis parti.

— Lucie est vraiment une gentille fille, sérieuse, toujours souriante. Mais viens, la maison est grande et vide !

— Et ton mari ? Je ne suis pas sûr qu'il apprécie que tu ramènes un vieux copain chez toi, comme ça !

— Mon mari ? Le pauvre, non, il est décédé il y a six ans d'un cancer du poumon.

— Je suis désolé, je ne savais pas…

— Non, comment voulais-tu savoir ? Tu es parti il y a plus de vingt ans et puis plus rien, pas une lettre, pas un coup de fil…

— Je suis désolé…

— Ce n'est pas un reproche ! Je termine à 14h30, tu m'attends ? Je te rejoins dans la chambre de ton père si tu préfères ?

— C'est gentil mais non, je ne veux pas te déranger.

— Allez, à tout à l'heure, tu me dois bien ça après toutes ces années d'absence, tu dois en avoir des choses à me raconter !

Je la regardais s'éloigner en me faisant au revoir de la main. Je descendis fumer une cigarette avant de remonter dans la chambre de mon père. Madame Perez était partie. Elle avait toujours été très moralisatrice, elle avait toujours su ce qu'il était correct de faire ou non, elle reprenait son fils sans cesse, et avait un don pour des remarques acerbes et cinglantes. Ma mère ne la supportait pas plus que moi ; elle la trouvait trop intrusive. J'eus à peine le temps de m'asseoir qu'Anna frappa à la vitre. Je lui fis signe et me levai.

— Tu habites où ?

— Dans la maison de mes parents... Quand Bertrand est mort, j'ai eu besoin d'argent et j'ai été obligée de vendre notre maison.

— Tu as été courageuse, avec ta fille, ça n'a pas dû être facile tous les jours...

— C'est la vie ! me répondit-elle en haussant les épaules.

Je regardais par la vitre, j'avais peine à reconnaitre cette ville dans laquelle j'avais grandi. Un bâtiment vitré trônait fièrement, je vis qu'il s'agissait de l'université, la Médiathèque avait pris la place du Champ de Mars. J'avais la sensation d'être un étranger et cela était très désagréable ; j'avais la sensation d'être un soldat qui revient après des années et ne reconnaît plus sa ville.

— Tu dois trouver Béziers changée ?

— Ça, c'est le moins qu'on puisse dire !

— Il s'en passe des choses en vingt ans !

Je hochais la tête.

— Voilà, nous sommes arrivés !

—Par contre, j'ai l'impression que ta maison n'a pas changé du tout... Il y a toujours le grand chêne...

— Si tu regardes bien, il y a toujours nos initiales !

— Non, c'est vrai ? Il me faut aller voir ça !

— Je rentre, je vais préparer du café, tu es preneur ?

— Avec plaisir !

Arnaud marchait dans ce jardin ombragé qui avait accueilli leurs jeux enfantins, leurs amours adolescentes… Il trouva les initiales gravées sur l'arbre, il caressa l'écorce de ses doigts. Il se replongeait dans ses souvenirs, le chant des cigales, la chaleur de juillet qui rendait leurs peaux moites, l'insouciance, la découverte de l'inconnu, les interdits… Qu'il était difficile de devenir adulte ! Enfants, on n'aspire qu'à une seule chose ; devenir grands pour faire ce qu'on veut mais, les plus belles années de la vie sont dans l'enfance et l'adolescence, Arnaud en était convaincu. Pourtant, il ne l'avait jamais dit à ses propres enfants à qui il avait imposé de grandir trop vite en quittant leur mère et en brisant leur cellule familiale. Aujourd'hui, en caressant l'écorce de cet arbre, il se rendait compte à quel point il devait se rapprocher d'eux, être plus présent dans leur vie.

— C'est prêt !

Je me dirigeais vers la terrasse. La vue qu'on pouvait observer n'avait pas changée, on devinait le Canigou au loin, on entendait le bruit des moteurs des véhicules circulant sur la rocade.

— Alors, qu'est-ce que tu as fait pendant toutes ces années ?

— J'ai grandi !

— Tu as grandi ? Félicitations ! Moi, pas encore !

— Je crois que je n'aurais pas dû en fait, je serai sans doute plus heureux !

Anna me regardait en souriant et sa douceur m'incita à continuer.

— Quand je suis parti, je suis allé me réfugier chez Maria que j'avais rencontrée quand on était allés en Italie, tu te souviens peut-être… puis, j'ai commencé des études d'œnologie, j'ai beaucoup voyagé, au Chili surtout. Maria est devenue négociante en vins. Nous partagions la même passion, nous voyagions beaucoup, chacun respectant les désirs d'évasion de l'autre, puis, elle tomba enceinte ; là, il a fallu que nous nous marions rapidement car sa famille était très catholique et elle n'aurait pas toléré cette vie dans le péché. Nous nous sommes ensuite fixés dans la vallée du Rhône. Nous sommes devenus parents avec Chiara et quinze mois plus tard, Luca voyait le jour. Nous avons continué à voyager jusqu'à ce que le rythme devienne impossible à tenir. Il a alors fallu se fixer et cette vie ne me convenait plus, j'étouffais, j'étais malheureux, il me fallait repartir ; les premiers temps, Maria me laissait voyager, elle avait mis sa vie professionnelle en standby mais rapidement, c'est devenu impossible, les tensions accumulées devenaient insupportables, un jour, avant qu'on se déteste, je lui ai annoncé que je partais. C'était il y a six ans. Ça a été difficile, surtout pour Chiara qui avait onze ans et qui s'est mise à me détester, et je comprends très bien ; j'ai brisé son équilibre.

— Et avec Maria, ça se passe bien ?

— Elle m'en a voulu longtemps mais maintenant, c'est terminé, elle a refait sa vie avec Julien et tout va bien. Et toi ?

— Moi, je suis tombée enceinte très jeune, quelques mois avant que tu partes. Mes parents étaient furieux, « Qu'est-ce que tu vas devenir ? » criait ma mère. Mon père lui, ne m'a pas adressé la parole jusqu'à ce que j'obtienne mon diplôme d'infirmière, ce jour-là, il m'a dit : « Jamais je n'aurais pensé que tu deviennes infirmière avec ton polichinelle dans le tiroir ! »

— Et le père, il ne t'a pas soutenue ?

Elle me regarda fixement.

— Le père, non ! Je ne le lui ai pas dit, ça suffisait comme ça !

— Et Lucie ne t'a jamais rien demandé à son sujet ?

— Si, à l'adolescence, mais je lui ai tout expliqué, que nous étions jeunes, que chacun avait fait sa vie et qu'on était bien tous les trois avec Bertrand. Même s'il n'était pas son père biologique, il n'aurait pas pu l'aimer plus si ça avait été sa propre fille.

— Du coup, quand il est tombé malade, ça a dû être difficile.

— Oui, très… Heureusement pour lui, quand il a été diagnostiqué, sa maladie était à un stade très avancé et trois mois après, c'était fini.

Je lui pris la main.

— Et tes parents ?

— Ils sont décédés eux aussi, quand Lucie était petite, elle ne les a pas connus longtemps. J'avais gardé la maison mais quand Bertrand nous a quittées, on ne pouvait plus rester dans notre maison, je le voyais partout et puis, nous avions besoin d'argent pour les études de Lucie, donc, nous sommes venues vivre ici. Et franchement, ça nous a fait beaucoup de bien !

— Tu as toujours été forte !

— Oui, enfin, ce n'est pas toujours facile mais il le faut ! Et toi ? Tu n'as jamais regretté toutes ces années sans voir ton père ?

— Tu sais, mon départ était prémédité, je ne suis pas parti sur un coup de tête.

— Mais quand même, tu es parti très vite.

— Oui, on a enterré maman le mardi et le jeudi matin, à l'aube, je partais.

— Tu n'as jamais eu envie de revenir ?

— Non, jamais ! Au début, j'étais très en colère contre lui, puis, au fil du temps, je me suis dit qu'il fallait accepter ce qu'il avait fait.

— Et Maria, tes enfants, tu n'as jamais voulu les emmener là où tu avais grandi ?

— Non ! peut-être que maintenant que le domaine sera à moi, je les emmènerai mais je ne veux surtout pas qu'ils rencontrent celui qui a contraint ma mère de mettre fin à ses jours et qui a gâché toute mon adolescence à me dire que j'étais un feignant, que sinon, je travaillerai la vigne au lieu de vouloir faire du vin.

— C'est vrai que ton père est un homme dur.

— Dur… Ce n'est pas l'adjectif que j'aurais choisi !

Les deux amis se mirent à rire.

— Bon, si tu veux manger ce soir, il faut qu'on aille faire des courses.

— Non, ce soir, je t'invite…

— Tu m'invites ? Non, tu dois être fatigué, on va se préparer un plateau repas, comme ça, tu pourras te coucher tôt…

— Tu travailles demain ?

— Non ! J'ai trois jours de repos !

— Alors, c'est décidé, tu te fais belle et je te sors !

— Ah, d'accord, parce que là, je ne suis pas assez belle ?

— Tu vois très bien ce que je veux dire ! Allez, file !

Pour remercier Anna de son hospitalité et de sa gentillesse, je décidai de l'inviter dans un des meilleurs restaurants de la ville. Vingt ans après, sa réputation n'avait fait que s'agrandir. Nous passions une excellente soirée, pleine de révélations, de souvenirs retrouvés mais alors que nous mangions le dessert, mon portable vibra. C'était l'hôpital.

— Monsieur Chambeu ? L'état de votre père s'aggrave, vous devriez venir, rapidement…

— Bien, j'arrive.

— Passez par les Urgences, le hall est fermé.

— Bien, merci, à tout de suite.

— C'était l'hôpital…

— Oui, il m'a semblé comprendre… je t'accompagne ?

Je hochai la tête.

— Visiblement, son état s'aggrave.

Anna me prit la main.

— Tu veux que je vienne avec toi ?
— Oui, je veux bien si ça ne te dérange pas. »

Je n'affectionnais déjà pas les hôpitaux de jour, mais la nuit, c'était encore pire ; tout était silencieux, il y régnait une atmosphère de mort. Quand nous sommes arrivés dans le service, un médecin est venu nous accueillir. Je compris immédiatement que c'était terminé. Je sus que je n'avais plus de père. J'avais décidé de l'abandonner toutes ces années parce que je lui en avais voulu du suicide de ma mère et aujourd'hui, c'est lui qui avait décidé de m'abandonner. Il était parti et j'allais devoir tout organiser, tout gérer, mais c'est pour ça que j'étais venu.

— Monsieur Chambeu, Je suis désolé ; à 22h19, votre père a fait un arrêt cardiaque. Nous n'avons pas essayé de le réanimer. Je suis désolé. Si vous voulez vous recueillir un moment auprès de lui, allez-y, je vous laisse un instant.
— Non, ce n'est pas nécessaire.
— Arnaud, tu es sûr ? Tu devrais peut-être t'asseoir à ses côtés et lui dire tout ce que tu n'as jamais osé lui dire parce qu'après, tu sais bien que ce sera trop tard.
— C'est déjà trop tard, tu sais. Docteur, vous avez le certificat de décès s'il vous plaît ?
— Je vais chercher les documents.
Anna me regardait intensément cherchant à savoir malgré elle quel fils, quel homme je pouvais être pour ne pas vouloir aller me recueillir à côté du corps de mon père ; un être sans cœur sans doute.
— Voici, pour les obsèques ?
— Je vais contacter la Colline bleue.

— Très bien, je vous présente, Monsieur Chambeu, mes sincères condoléances.
— Merci, au revoir !

Une fois dans la voiture, je sentis qu'il me fallait dire quelque chose pour détendre l'atmosphère.

— Tu te rends compte qu'il a même fallu qu'il gâche notre repas de retrouvailles ?
— Oui, mais avant, il nous a permis de nous revoir !
— Oui, c'est vrai que tout ça, c'est grâce à ta fille…
— Demain, je t'accompagnerai à la mairie si tu veux…
— Merci, mais je préfère y aller seul. On se retrouvera après.
— Oui, d'accord.
— Pour la cérémonie, tu as prévu quelque chose, tu sais s'il voulait un officie religieux ?
— Non ! De toute façon, il n'en aura pas !
— Arnaud, tu sais que je n'aime pas me mêler des affaires des autres, mais si je me permets de te dire ce que je pense c'est parce que j'ai beaucoup d'affection pour toi.
— Vas-y, je t'en prie…
— Je ne sais pas ce qu'il s'est passé avec lui, ni pourquoi ta mère s'est donné la mort, mais je me souviens que nous étions ensemble quand nous l'avons découverte allongée sur le canapé et que tu as été très éprouvé. Bien entendu, son geste était désespéré mais aujourd'hui, en agissant ainsi, j'ai peur pour toi ; j'ai peur que tu regrettes de n'avoir pas dit au revoir à ton père, peur que tu regrettes de ne pas lui

avoir dit ce que tu avais sur le cœur et que tu as dû ruminer toutes ces années.

— J'apprécie ce que tu me dis Anna, mais je suis certain que je ne regretterai rien. La seule chose que je regrette est de ne pas avoir su et réussi à protéger ma mère de lui. Elle aurait été ravie de connaitre ses petits-enfants.

— D'accord, mais fais attention qu'en le punissant à lui, tu ne te punisses pas à toi aussi, tu veux boire quelque chose ?

— Je veux bien, oui ! Je vais te raconter pourquoi je le hais tellement.

— Non, Arnaud, ça ne me regarde pas ; et puis, les histoires de famille sont souvent faites de quiproquos.

— S'il te plaît, j'ai besoin de le dire à quelqu'un. Je m'étais juré de ne jamais le raconter à qui que ce soit tant qu'il serait en vie, mais maintenant qu'il est parti, je peux te le dire.

— Ça ne sortira pas d'ici.

— Je sais… tu te souviens quand le fils Pirand a eu son accident de moto et qu'il est mort ?

— Oui, je me souviens bien, tes parents étaient très amis avec ses parents, vous étiez très souvent ensemble tous les deux pendant un temps.

— Oui. D'ailleurs, tout le monde nous prenait pour des frères…

— Oui, c'est vrai que vous vous ressembliez, mais tu étais bien plus beau que lui !

— Un soir, quelques jours après sa mort, sa mère est venue chez nous, il devait être 23h00. J'étais dans ma chambre mais je m'étais caché dans le couloir quand j'avais entendu une voiture se garer dans l'allée. Elle est entrée comme une furie et a dit à mon père que c'était sa faute s'il était mort, que s'ils avaient dit la vérité, il ne lui serait rien arrivé. Elle hurlait, mon père était pris de panique, il la suppliait de se taire, mais elle était hystérique, elle criait de plus en plus fort jusqu'à ce qu'elle aperçoive ma mère qui s'approchait calmement.

— Tu as besoin de quelque chose ? lui demanda ma mère d'un ton calme.

Elle, elle hurlait, elle pleurait, sanglotait, je ne comprenais pas tout, sauf quand elle dit que mon père était le père de son fils. Je vis alors ma mère tomber genoux à terre, se prenant les yeux dans les mains. Mon père jeta dehors Madeleine Pirand et dit à ma mère que ce n'était arrivé qu'une seule fois et qu'il ne l'avait jamais aimée, il l'aimait elle et moi, que jamais il n'avait voulu nous faire de mal et que s'il avait su… Ma mère se releva et lui ordonna de faire un test de paternité et selon le résultat, elle partirait avec moi et il ne nous reverrait plus jamais.

— Et toi, qu'as-tu fait ?

— Moi, je suis vite retourné dans ma chambre pour ne pas croiser le regard de ma mère. Les jours qui suivirent, ils ne s'adressèrent pas la parole, ils ne se regardaient même pas. Quelques jours plus tard, mon père arborait un sparadrap au pli du coude, je compris qu'il avait dû aller faire le test de paternité. A compter de ce jour, je voyais ma mère dépérir, elle était absente, n'entendait pas quand on lui parlait, elle ne s'alimentait presque plus. Elle me répétait qu'elle m'aimait plus que tout et qu'il ne faudrait jamais, jamais que je l'oublie, qu'elle était certaine que je serai quelqu'un d'important, de respectable et de respecté. Le jour où nous l'avons trouvé, il y avait une enveloppe dans la corbeille à papier du bureau, elle portait le tampon du laboratoire. Maman a trouvé le résultat du test de paternité et il était positif. Ne pouvant le supporter, elle a mis fin à ses jours. Tu te souviens tout le sang qu'il y avait ?

Anna fit oui de la tête.

— Mais tu n'as jamais dit à ton père que tu savais ce qu'il s'était passé ?

— Non, jamais ! Je lui ai dit que c'était un meurtrier et que c'était à cause de lui qu'elle m'avait laissé.

— Et tu ne veux plus rien lui dire d'autre avant que ça ne soit trop tard ?

— C'est déjà trop tard ! demain, j'irai à la Mairie déclarer son décès, je le ferai incinérer et je jetterai ses cendres au domaine. Je ne veux pas qu'il repose à côté d'elle dans le caveau familial.

— Si tu as besoin de quoi que ce soit, tu sais que je suis là…

— Merci, c'est très gentil, mais tu en as déjà tellement fait !

Quelques mois plus tard…

— Les enfants ! Voici le domaine du Taraxacum, soyez les bienvenus chez vous…

Chiara et Luca me regardaient avec curiosité.

— On peut aller se balader dans les vignes ? demanda Luca.
— Oui, allez-y mais n'allez pas dans la cave, c'est dangereux ! Moi, je vais fouiner dans le grenier, il doit y avoir des photos et des tas de babioles…

Quand j'arrivais au grenier, il y avait des tas de boîtes très bien rangées, alignées sur lesquelles étaient écrit mon prénom. C'était l'écriture de Maman. Elle avait rangé tous mes souvenirs, mes affaires et les avait rangées comme si elle savait qu'un jour j'aurais besoin de les trouver. Je tremblais à l'idée de trouver une lettre d'adieux mais il n'en était rien… Des chaussons, une mèche de cheveux, des photos, quand elle était jeune, de leur mariage, d'elle et moi à la maternité, des tas de souvenirs qui me réchauffèrent le cœur. Un écrin était posé au fond de l'un des cartons. Je l'ouvris. C'était le pendentif en cœur qu'elle portait toujours autour du cou, je l'ouvris et vit ma photo et la sienne. Maman… Je l'aimais tellement… Elle avait su me rendre fort, me rendre fier, elle avait su me rassurer quand c'était nécessaire, me sermonner quand il le fallait mais elle m'avait donné tellement d'amour que j'aurais pu combattre la méchanceté du monde tout entier. Sous l'écrin, une feuille pliée en deux… Je l'ouvris et vis qu'elle venait d'un laboratoire d'analyses…

TEST DE PATERNITE : NEGATIF.

Parallèle 23° 26' 14" de latitude nord.

A mon père, mon pilier, mon protecteur…

J'ai toujours aimé voyager ; découvrir de nouvelles contrées, se gorger de nouveaux paysages, découvrir des habitudes culinaires, aller au contact des autochtones…

Inde, Grèce, Italie, Espagne, Suisse, France, et la liste est si longue que je ne peux pas toute vous l'énoncer. Pourtant, il est un pays dont on m'a beaucoup parlé… Un pays peu connu jusqu'alors mais occupant de plus en plus de place dans les discussions de nos jours…

— C'est un pays d'où on ne revient jamais. »

Pourquoi ne revient-on pas ? Est-ce tellement magnifique qu'on ne veut plus en partir ? Nous prend-on en otage et nous empêche-t-on de partir ? Comment peut-on abandonner tous ceux que nous aimons plus que tout et qui nous aiment de tout leur cœur ?

Plusieurs personnes chères à mon cœur m'ont quittée pour partir faire ce long voyage d'où on ne revient pas.

Moi, je ne veux pas y aller !

C'est vrai, comment aller dans un pays où on sait que l'on va devoir rester jusqu'à la fin de ses jours ? Et si le climat ne nous plaît pas ? Et si les autochtones ne sont pas accueillants ? Et si on ne parle pas leur langue ?

Moi, je trouve qu'il faut être fou pour partir, là, comme ça, à l'aventure ! Fou ou sacrément courageux…

D'ailleurs, les gens que je connais qui ont bouclé leurs valises étaient sacrément courageux, ils avaient une force surhumaine en eux, une rage de vivre, une rage qui leur a permis de faire cet incroyable voyage parfois même au péril de leur vie. D'ailleurs, pour aller dans ce pays, il faut être choisi, eh oui, n'importe qui ne peut pas y aller…

Un jour, alors que tout va bien, que vous avez fondé une famille, que vous avez un travail, une belle voiture, une maison rassurante, de beaux enfants, vous êtes élu, vous êtes choisi pour faire ce grand et long voyage. Et ce jour-là, les gens qui vous aiment, vos parents, vos enfants, votre conjoint voient germer quelque chose en eux. Cette graine grandit de jour en jour, au fur et à mesure que votre départ approche… Ils ne veulent pas vous laisser partir bien entendu, ils s'inquiètent, ils vous aiment tellement… Un jour, le fruit est là, et on le nomme… il s'appelle la peur. La peur de perdre ceux qu'on aime, la peur que ceux qu'on aime souffrent, la peur de la perte, du vide, de l'absence.

— Bonjour, je viens pour vous remettre en mains propres votre invitation pour le parallèle 23° 26' 14" de latitude nord.

— Une invitation ?

— Oui, une invitation pour un long et lointain voyage… Un aller simple…

— Mais où ça ? Quel est le nom de ce pays ?

— Le nom de ce pays doit rester secret, seules les personnes qui doivent y aller connaissent son nom…

— Mais où est-ce ? Je n'en ai jamais entendu parler… Et comment se fait-il que j'aie gagné un voyage, moi qui ne joue jamais à aucun jeu ?

— Ah… Ce voyage, il n'est pas nécessaire de jouer pour le gagner… Vous êtes choisi, homme, femme, jeune, vieux, tout le monde peut être élu…

A partir du moment où vous posez votre main sur cette enveloppe, le cours de votre vie et celle de vos proches change à jamais.

Pour moi, c'est le soir du 18 janvier 2008 que ma vie a basculé. Je reçois un coup de téléphone de mon père dans lequel il m'apprend qu'on lui a annoncé une curieuse nouvelle. D'ici peu de temps, il devra partir.

— Partir ? Mais partir où ? Enfin, Papa, tu es devenu fou, j'accouche au mois d'août, où veux-tu aller ?

— Ne t'inquiète pas ! Je serai là en août, je partirai après…

— Mais, avec qui vas-tu partir ? Tu pars avec maman ?

— Non ! Je pars seul, je vais continuer mon chemin ailleurs, et c'est ainsi, je ne peux pas faire marche arrière, c'est impossible !

Le lendemain, nous nous voyons, nous parlons longuement, nous pleurons, il me montre la mystérieuse invitation et je dois m'avouer vaincue, moi qui ai toujours l'habitude de me battre et de ne jamais baisser les bras. Mon père devra partir et il en sera ainsi… Cette fois, malgré tous les efforts possibles, je ne pourrai pas changer le fil de l'histoire.

Je me souviens encore de sa sérénité, de sa protection, de la facilité qu'il avait à avouer ses sentiments sans prononcer un seul mot…

— Nous allons vivre à deux mille pour cent le temps qu'il nous reste avant mon départ. Tu verras !

J'acquiesçai puisque je n'avais pas le choix.

— Mais comment peut-on vivre pleinement quand on sait que le temps nous est compté et qu'il va falloir bientôt se séparer ?

— Parce qu'on devrait tout le temps vivre comme ça ! Parce qu'on devrait vivre chaque jour comme si c'était le dernier !

Je regardai mon père et lui souris, c'était facile de le dire, mais le faire serait beaucoup plus compliqué.

Les jours, les semaines, les mois passèrent. Au début, il était très difficile de ne pas pleurer, puis, au fil du temps, nous avons appris à vivre pleinement chaque instant. Curieusement, moi qui ai toujours adoré prendre des photos, filmer des repas de famille, je n'ai pas pris de photos, je n'ai pas fait de film de ces instants. Je prenais des photos avec mon cœur et surtout, je profitais de chaque dixième de seconde, je me délectai du moindre instant si fugace.

Et puis, arriva la fameuse fête des pères. Et je savais que pour moi, ce serait la dernière.

La redoutant depuis des semaines, je fus surprise car cette journée fut inoubliable et depuis, à chaque fête des pères, je repense à cette journée et je me souviens à quel point tout était parfait !

Peu à peu, nous réalisions que nous avions toujours vécu à côté du bonheur. Nous avions l'impression de vivre pleinement chaque instant, mais en réalité, nous les vivions simplement, en pensant aux factures qu'il faudrait payer, à la liste des courses, au temps qu'il allait faire le lendemain. Et nous ne voyions pas l'essentiel, l'amour qui nous liait les uns aux autres, et à partir du moment où cette enveloppe fut ouverte, cet amour que nous enfouissions par pudeur sans doute, fut libéré, les factures à payer étaient devenues secondaires, les listes des courses inutiles, la météo futile ! Toute notre vie avait été radicalement transformée. Nous, nous avions changés. Nous étions plus durs qu'avant, plus forts. Nous vivions pleinement et dans le bonheur les quelques semaines qu'il nous restaient à vivre ensemble alors qu'il n'y a rien de plus horrible que de vivre avec une échéance au-dessus de la tête. Et puis, ce petit bout de moi pointa le bout de son nez et notre vie devint encore plus intense.

Nous nous concentrions sur ce petit bout de chair rose qui occupait une place colossale dans nos cœurs, lui seul nous empêchait de penser au départ.

— Tu vois, les choses sont bien faites…

— Ah oui ?

— Oui, il aurait été terrible que je ne puisse pas connaître ce petit homme !

— C'est déjà assez terrible de savoir que tu ne le verras pas grandir…

— On n'a jamais assez de temps, tu sais. Plus on en a et plus on en veut !

— Peut-être…

— C'est sûr ! Il faut savoir jouir de chaque instant… Tu ne l'oublieras pas ?

— Bien sûr que non !

— Et rien n'est impossible ! Tu ne l'oublieras pas non plus ?

— Non, jamais ! Mais ce n'est pas encore le moment hein ?

— Pas encore, mais bientôt !

Ces discussions que nous partagions avec mon père me semblaient irréelles, il ne pouvait pas partir, il ne pouvait pas me laisser, m'abandonner. Qu'allais-je devenir sans père à vingt-huit ans ? Qui allait me protéger ? Qui me dirait si je fais le bon ou le mauvais choix ? Tout allait si bien avant que cette maudite invitation n'arrive !

Avant ça, je n'avais jamais pensé au Parallèle 23° 26' 14" de latitude nord, avant cela, tout allait bien et voici que c'était le chaos dans mon cœur.

Heureusement, j'avais mon fils qui chaque jour me tirait vers la vie, chaque jour, il était ma force pour ne pas craquer.

Certaines personnes qui ont perdu un proche dans un accident de la route regrettent de ne pas avoir pu dire au disparu qu'ils l'aimaient et lui dire adieu. C'est vrai que nombre de personnes restent avec des regrets, des choses sur le cœur qu'ils n'ont pas pu dire, des choses inavouées, des amours secrètes. Quand on se rend sur un quai de gare, beaucoup de larmes coulent car des gens partent pour un voyage, une nouvelle vie, mais même si ce départ est positif, l'absence, elle, est inacceptable et provoque de la tristesse. Avec mon père, nous savions que la séparation était inéluctable et irréversible et ce que nous redoutions le plus était le dernier instant, la dernière fois… La dernière fois où nous nous verrions, la dernière fois où nous nous parlerions, la dernière fois où nous verrions tout l'amour de l'autre dans ses yeux.

Pourtant, un matin à sept heures, il fallut se rendre à l'évidence. Le téléphone sonna. Je savais qu'après avoir décroché, ma vie serait brisée. Je n'avais pas envie de répondre, je ne pouvais pas répondre, je ne voulais pas mais je n'avais pas le choix.

La voix de ma mère au bout du fil me confirma mes craintes. J'étais orpheline de père, mon papa était parti après m'avoir donné une magnifique leçon de vie ; rien n'est terminé tant que tout n'est pas terminé. Il s'était battu mais surtout, il avait vécu pleinement chaque instant et il m'avait appris à le faire.

Chaque minute est unique, chaque seconde magique, il suffit de vouloir le voir.

Evidemment, pendant un certain temps, je n'ai plus voulu entendre parler du Parallèle 23° 26' 14" de latitude nord. Puis avec le temps, des sentiments divers apparaissent. On est en colère, la vie nous semble inutile puis un matin, on se réveille en se disant que c'est la vie, qu'il n'y a rien de plus merveilleux et de plus précieux que ça et qu'il faut vivre, vivre chaque seconde intensément… Cette leçon de vie, je la transmets chaque jour à mes enfants afin qu'ils ne regrettent rien et qu'ils jouissent de chaque instant.

Je sentais les rayons du soleil me caresser le visage. J'ouvris les yeux, je tournai la tête et je vis mon fils dormir paisiblement. Son visage avait la sérénité du sommeil lourd et réparateur. Je m'assis sur le lit et me frottai la tête… Que s'était-il passé ? Avais-je rêvé ? A côté de moi, était ouvert un magazine, je le saisis. Mon portable vibra, sur l'écran était inscrit PAPA.

Je décrochai.

— Bonne fête Papa !

Mon père était vivant, il ne m'avait pas quittée pour cette contrée inconnue… Il allait bien !

Je regardai le magazine et vis un article sur le Tropique du Cancer.

Maintenant, Cher lectrice, Cher lecteur, puisque vous avez terminé ce recueil, je vais vous demander de faire deux choses …

1- Refermer le livre
2 - Regarder la première de couverture

Cette couverture est le fruit d'une grande complicité artistique avec Ginette Ribas, passionnée d'aquarelles qui a su traduire avec des formes et des couleurs ce que je lui ai dit avec des mots.

L'arbre symbolise la Vie, les couleurs utilisées les quatre saisons de la Vie : le fond orange symbolise l'automne, le bleu de l'arbre l'hiver, le vert des branches le printemps et le rouge des cœurs l'été…

De même, le cœur en cage peut être emprisonné car il attend une greffe ou au contraire, il est apprivoisé et ne forme plus qu'un avec le corps de la personne greffée.

Un immense merci rempli d'affection à elle !

Je vous remercie Cher lecteur, chère lectrice et je vous dis à bientôt pour un nouveau voyage…

REMERCIEMENTS

Je tiens à remercier mes enfants pour tout l'amour dont ils m'emplissent chaque jour.

Je remercie également mon mari pour sa patience, sa constance et ses encouragements.

Je remercie Matthieu, mon éditeur qui fait preuve d'une grande écoute et qui trouve toujours des solutions et Marika, mon agent qui allie douceur, disponibilité et bienveillance.

A vous, je dis un grand MERCI et je vous présente mon extrême gratitude…

Merci de rendre tout cela possible…

Retrouvez-moi sur ma page Facebook
« **Virginie Rouquette, écrivain**. »

et sur mon site internet :
« *www.livretpartage.com/* »

TABLE

PRÉFACE 11

« Tu as besoin de quelque chose ?....................................15

Ailleurs... 81

Les âmes sœurs. 89

L'autostoppeuse. 101

Vingt ans après... 109

Le retour aux sources. 129

Parallèle 23° 26' 14" de latitude nord. 157

REMERCIEMENTS 174

Achevé d'imprimer en Septembre 2017
Pour le compte du Livre Actualité Éditions

Direction du livre : Matthieu PAULO

60 rue du lieutenant de Monti
44400 REZÉ

Tél. : 02.40.92.83.29
www.livreactualite.fr